一個青年小說家的自白

艾可的寫作講堂

安伯托・艾可 著
顏慧儀 譯

UMBERTO ECO

CONFESSIONS OF A YOUNG NOVELIST

目錄

第一章

從左寫到右

你可以坐在樹下，帶著一枝炭筆，和一疊品質良好的畫紙，讓思緒隨處漫遊，接著你寫下幾行文字，例如「月兒高掛空中／樹林沙沙作響」。或許剛開始浮現的文字並不像小說，比較像日本俳句。但無論如何，最重要的事情是開始寫作。

這一系列講座的主題是「一個青年小說家的自白」。很多人可能會問爲什麼以這個〔1〕爲主題，我今年（二〇〇八年）已經七十七歲了，不過，一九八〇年我才出版我的第一本小說《玫瑰的名字》（*The Name of the Rose*）。也就是說，我二十八年前才開始我的作家生涯，因此，我覺得我是一個年輕且想必相當有前景的小說家。我之前曾經出版了五本小說，而未來五十五年必定還能出版更多書。我正在進行中的作家生涯尚未結束（否則也不會說是正在進行中了），我希望我已經累積了足夠的經驗來跟各位談談我的寫作方式。爲了符合理查・艾爾曼（Richard Ellmann）[1]講座的宗旨，我會將重點集中在我的小說，而非論文的部分，雖然我認爲我是個專業的大學教授，而作爲一個小說家僅是業餘而已。

在我還小的時候，我就開始寫小說了。寫作時我第一個想到的往往是標題，而標題的靈感通常是得自我在那個時候看的冒險故事，那些故事大部分都跟《神鬼奇航》（*Pirates of the Caribbean*）類似。我會馬上動手將所有插圖畫好，然後開始寫第一章。〔2〕不過由於我想模仿印刷書籍，所以都用大寫字母書寫，因此寫不了幾頁我就累了，然後放棄寫作計畫。所以我的每一部作品都像舒伯特（Schubert）《未完成交響曲》（*Unfinished Symphony*）一樣，是未完成的傑作。

十六歲時，我就跟其他青少年一樣，理所當然地開始寫詩。我不記得是我心中對詩的需求讓我萌發（柏拉圖式而無可救藥的）初戀情感，還是初戀讓我開始想寫詩。這兩者的結合是個災難。如同我曾經這麼寫道（雖然是藉由一個虛構人物之口說出的諷刺話語）：這個世界上有兩種詩人，好的詩人會在十八歲時燒了他們的詩作，而不好的詩人會一輩子持續寫詩。[2]

什麼是創意寫作？

有些學者會因爲自己的作品並非所謂「創意」類型而感到沮喪，但我直到進入五十歲都從不曾有過這樣的想法。[3]

我從來就無法理解，爲什麼大家都認爲荷馬是創意作家，而柏拉圖不是？爲什麼一個差勁的詩人會被認爲是創意作家，而一個傑出的科學論文作者卻不是？

在法文裡，我們可以輕易區分這兩者的差別：一個是作家（écrivain），亦即生產〔3〕「創意」文本的人，如小說家和詩人；另一個則是抄寫者（écrivant），亦即記錄事實的人，如銀行職員，或是撰寫犯罪檔案報告的警察。不過，什麼樣的作者會是哲學家？我們可以說，哲學家是專業的作者，他們的作品即使以摘要的形式呈現，或翻譯成另一種語言，都不會減損其原有的意義，而創意作家的作品則是無法完全被翻譯或改寫。然而，雖然翻譯詩作以及小說確實有其困難之處，但這世界上百分之九十的讀者還是看過《戰爭與和平》（*War and Peace*）及《唐吉訶德》（*Don Quixote*）的翻譯版本。我甚至覺得，比起海德格（Heidegger）和拉岡（Lacan）作品的英文翻譯版本，托爾斯泰作品的譯本可是更忠於原著。難道拉岡比塞萬提斯（Cervantes）還要更有「創意」嗎？

我們也沒辦法以某一特定作品的社會功能來做區別。伽利略的作品當然在哲學和科學方面具有相當重要的貢獻，但在義大利的高中教科書裡，他的文章文體被認爲是傑作，而拿來作爲極佳的創意寫作範例。

假設你是個圖書館員，你想在A室裡擺所謂創意作品的書籍，並在B室裡擺科學作品。你會把愛因斯坦的論文，跟愛迪生寫給贊助者的信件歸爲同類？或是將《噢，蘇珊娜！》（*Oh, Susanna!*）和《哈姆雷特》（*Hamlet*）擺在一起？ 〔4〕

有人可能會說，林奈（Linnaeus）和達爾文（Darwin）的「非創意」寫作，是爲了傳達有關鯨魚和猿猴的眞實資料，而梅爾維爾（Melville）寫的白鯨故事，和柏洛茲（Burroughs）寫的猿人王子泰山（Tarzan）故事，只是「假裝」他們是在敘述一個眞實事件，實際上他們只是創造出不存在的鯨魚和猿猴，而對眞實的鯨魚和猿猴沒有任何興趣。梅爾維爾在講述一隻不存在的鯨魚故事時，他並沒有企圖表達關於生與死，以及關於人性中驕傲和頑強的眞實面向，我們可以毫不猶豫地這樣說嗎？

若我們將「創意」作家定義爲，該作者所書寫的內容正好與事實相反，這也是有問題的。托勒密（Ptolemy）所提出關於地球運動的理論也與事實不符。難道我們能說托勒密比克卜勒（Kepler）還要有「創意」？

當別人對自己作品做出詮釋時，創意和非創意作家的反應正好相反，而眞正的區別正在於此。若我對某一個哲學家、科學家，和藝術評論家說：「你的作品內容是如此這般。」作者可以反駁，「你誤解我的作品了。我想說的正好完全相反。」若有某位評論家以馬克斯主義的觀點分析《追憶似水年華》（*In Search of Lost Time*）在頹廢的布爾喬亞階級面臨其最大危機時，將自己完全投入回憶中，必然會使藝術家與社會脫節——普〔5〕魯斯特（Proust）很可能不太贊同這種詮釋方式，卻很難提出反對意見。

在接下來的講座中，我們會看到，創意作家——也是他們自己作品的理性讀者——必然有權利可質疑任何過於牽強附會的詮釋方式。不過他們通常都會尊重他們的讀者，因爲他們可以說就像丟出一個瓶中信一樣，將自己的作品投入這個世界。

在我出版一本有關符號學的著作之後，我花了很多時間，不是在承認我確實錯了，就是在向那些無法理解我要表達什麼的人證明，是他們誤讀了。但相對地，我出版了一本小說後，我發現基本上我有一種道德義務，就是不要去質疑讀者對作品的任一種詮釋（也不需要去鼓勵任一種詮釋）。

這是因爲——我們可以藉此區分出創意寫作和科學寫作之間的差異——在理論性論

文裡，作者通常試圖證明某個特定的命題，或是針對某個特定問題提出解答。然而在詩和小說裡，作者卻是希望能表現出生命的反覆無常。作者希望呈現出一連串矛盾的事件，並讓其看起來顯而易見且強烈深刻。創意作者要求他們的讀者去尋找一個解答，他們不提供任何明確的詮釋準則（除了庸俗小說和言情小說的作者，他們的目的就是爲大眾提供廉價的慰藉）。這就是爲什麼當我出版我的第一本小說時，我會說小說家有時可〔6〕以說出哲學家說不出來的事情。

因此，直到一九八七年，我完全滿足於自己身爲一個哲學家和符號學家的身分。我甚至有一次寫道（帶有一絲柏拉圖式的傲慢），我認爲，一般來說，詩人和藝術家都是他們自己謊言的囚徒，是模仿的模仿者。而身爲一個哲學家，我可以更接近眞正柏拉圖式理念的世界。

你也可以說，不管是不是具有創意，很多學者內心都有一股想說故事的衝動，但都遺憾自己無法表達，這就是爲什麼很多大學教授的抽屜裡藏了許多未發表的拙劣小說書稿。但過去多年來，我一直以兩種不同的敘事方式來滿足我深藏的熱情。第一個，我多半會用口頭敘事的方式，說故事給我的孩子聽（所以當他們長大，興趣從童話故事轉移到搖滾樂時，我還挺失落的）。第二個，是在批評論文中創作出故事。

我的一篇博士論文是討論湯馬斯．阿奎納（Thomas Aquinas）的美學——這個主題相當具有爭議性，因爲在當時，大多數學者都認爲阿奎納的巨著裡並未表達任何美學意識——於是，我發表這篇論文時，其中一位口試委員就指控我「敘事謬誤」（narrative fallacy）。他說，當一個經驗豐富的學者開始進行研究，勢必會遇到某些試煉和挫折，他會提出，也會駁斥不同的假設。但是在研究結束時，以上所有過程都必須已經消化完成，且應該只提出結論。相反地，他說，我在講述我的研究過程時，彷彿在寫一篇偵探小說。他以相當友善的態度提出異議，而且也提示我一個基本概念，那就是「所有研究論文都應該要用這種方式來『講述』」。所有的科學著作都應該是某種推理小說——這是一份追尋聖杯過程的報告書。而我認爲，在那之後，我的學術著作都是以這種敘事方式在書寫的。

〔7〕

很久很久以前

一九七八年初，我有一位在某小型出版社工作的朋友，說她想請幾位非小說作家（哲學家，社會學家，政治家等等）寫一篇短篇的偵探小說。基於前面所說過的理由，我告訴這位朋友，我對創意寫作毫無興趣，而且我很確信我沒辦法寫出流暢的人物對話。最後我決定（我也不知道爲什麼）用一種很挑釁的態度告訴她，若要我寫一篇犯罪小說，那至少會寫到五百頁以上，而且故事背景會是在中世紀的修道院。我朋友說她想〔8〕找的可不是那種只想賺稿費的拙劣作家，於是我們的會談到此結束。

我一回到家，馬上翻找我的抽屜，取出一疊幾年前隨意寫的手稿，我在其中一張紙上寫了幾個僧侶的名字。這表示，在我靈魂的隱密深處，早有一部小說的點子正在成形，只是我還不知道而已。那時候，我忽然想到，讓一個僧侶在閱讀一本神祕書籍時被毒殺，是個不錯的點子。這就是一切的開端，我開始寫起這部《玫瑰的名字》。

這本書出版後，很多人都問我爲什麼會決定寫一本小說，而我給他們的幾個理由（依照我當時的心情會有不同的版本）大概都是眞的。意思是說，這些理由沒有一個是正確的。最後我了解到，唯一正確的答案是：在我生命中的某個時刻，我忽然有股衝動想這麼做。我想這應該是個充分而合理的說法吧。

如何寫作

當來採訪的人問我，「你是如何寫作的？」通常爲了盡量縮短回答的時間，我都會回應，「從左寫到右。」我知道這個答案不盡理想，而且會讓阿拉伯國家和以色列的人感到很訝異。現在我有時間可以好好給個比較仔細的回應。

〔9〕

在我寫第一本小說的期間，我學到了幾件事情。第一，「靈感」其實是狡猾的作者爲了讓自己顯得更有藝術才能而使用的糟糕字彙。就如同一句古老格言所說，天才是百分之十的靈感和百分之九十的努力。據說，法國詩人拉馬丁（Lamartine）[4]是如此描述他寫下生涯最好的一首詩的情境：他宣稱，有天晚上他在樹林裡散步時，突然靈光一閃，整首詩就在腦中成形。他過世後，有人從他書房裡發現那首詩的好幾種版本，而且數量驚人，這顯示他花了好幾年時間反覆改寫那首詩。

剛開始時，替《玫瑰的名字》做書評的評論家寫道，這本書是基於一瞬間的靈光乍現而寫成的，不過因爲其在概念和語言方面的難度，所以只有少數人能夠理解。不過當這本書面臨空前成功，銷售數百萬冊之後，同一批評論家又說，爲了讓這本書迎合大眾口味，成爲暢銷書，我一定遵照了某種神祕的訣竅來寫作。後來他們還說，這本書之所以暢銷，是因爲使用電腦程式寫成的。他們完全忘了，直到一九八〇年代初期，才有堪用的寫作軟體可供個人電腦使用，而當時我的書早已經付印了。一九七八到一九七九年〔10〕間，我們所能找到的個人電腦（即使是在美國）是坦迪（Tandy）公司製造的便宜貨，而且除了寫信以外，沒有人會用電腦來寫其他東西。

過了一段時間，那些主張我是用電腦程式寫作的說法使我心煩，我於是製作出以電腦程式寫暢銷書的真正訣竅。

很顯然地，你首先需要一部電腦。所謂電腦就是可以代替你思考的智能機械，這對很多人來說確實是一種優勢。你所需要的只是幾列程式，這一點連小孩都做得到。然後你將數百本小說、科學著作、聖經、可蘭經，還有一大疊的電話簿（這對於爲角色取名字很有幫助）輸入電腦裡，以上加總起來大約有十二萬頁的內容吧。然後，使用另一個程式去做隨機排列。換句話說，你將這所有文本內容混合在一起，做一些調整——例如刪去所有包含字母e的字彙——這麼做不僅是爲了完成一本小說，也是爲了讓小說能呈現佩瑞格式（Perec）[5]的漏字文（lipogram）[6]。接下來，你只要按「列印」即可。而既然你已經刪掉所有含有字母e的字彙了，那麼列印出來的文章一定能少於十二萬頁。你仔細地檢視這篇文章數次，在幾個最重要的段落底下畫線註記，再來就可以把這些書稿帶去焚化爐燒掉。然後你只要坐在樹下，手上拿著一枝炭筆，以及一疊品質良好的畫紙，讓思緒隨處漫遊，接著你可以寫下幾行文字，例如「月兒高掛空中／樹林沙沙作〔二〕響」。或許剛開始浮現的文字並不像小說，比較像日本俳句。但無論如何，最重要的事情是開始寫作。[7]

我的靈感姍姍來遲，但我寫《玫瑰的名字》只花了兩年的時間，然而這是因爲我不需要做任何有關中世紀的研究。我之前提過，我的博士論文是以中世紀美學爲主題，所以我也投注了一些心力更進一步研究中世紀。過去數年來，我造訪了很多仿羅馬式教堂、歌德式教堂……等等。當我決定寫小說時，就好像打開一個大櫃子般，裡頭堆滿我這數十年來不斷累積的中世紀檔案。所有資料都已經在我眼前了，我只要選取我需要的即可。至於接下來幾部小說的狀況則稍有不同（雖然我之所以會選定某一特定主題，也是由於我對那個題材有一定程度的熟悉），這就是爲什麼我後來的幾本小說都花了不少寫作時間。《傅科擺》（*Foucault's Pendulum*）寫了八年，《昨日之島》（*The Island of the Day Before*）和《波多里諾》（*Baudolino*）各花了六年。《羅安娜女王的神秘火焰》（*The Mysterious Flame of Queen Loana*）則只花了四年，因爲這本書的內容與我小時候在一九三○和一九四○年代那時閱讀的書籍有關，我也可以利用堆在家裡的許多舊資料，例如連〔12〕

環圖畫書、錄音帶、雜誌和報紙。簡言之，這些都是我的紀念品與瑣碎物品的收藏，充滿懷舊之情。

建造一個世界

在我孕育下一部作品的期間，我都在做些什麼？我在收集資料。我造訪很多地方，我畫地圖，記錄建築物的設計圖，或是船的設計圖，如同我在《昨日之島》中做的一樣。我也替角色畫肖像畫，寫《玫瑰的名字》時，我替每一個出場的僧侶都畫了肖像畫。我在一座魔法城堡內度過幾年的準備時期——假使你認爲這麼說比較妥當，也可以說我是處於孤僻的退隱狀態中。沒有人知道我究竟在做什麼，就連我的家人都不知道。我給別人的印象是我做了很多事情，但我一直都專注於爲我的故事抓取想法、影像和字句。當我在寫關於中世紀的片段時，若我看見有輛車駛過街上，而我對這輛車的顏色印象很深刻，我就會把這個體驗寫進筆記本，或只是記在腦海裡，之後當我想用這個顏色形容某樣東西時（例如細密畫）就會派上用場。

準備寫《傅科擺》時，我曾經好幾個晚上都去逛藝術科技博物館（Conservatoire des Arts et Métiers），一直到閉館爲止，因爲故事裡有幾個場景就是在這裡發生。爲了描 〔13〕 述卡素朋（Casaubon）從藝術科技博物館到孚日廣場（Place des Vosges）再到艾菲爾鐵塔（Eiffel Tower）的夜間巴黎散步，有好幾次，我在凌晨兩點到三點間漫遊整座城市，還帶了個小型錄音機記下我沿路看到的各種景色，免得搞錯了街名和十字路口的位置。

我準備寫《昨日之島》時，很自然地去了南太平洋，造訪故事發生的確切地點，我觀察海水和天空一天之內不同時刻的顏色變化，以及魚兒和珊瑚礁所染上的淡淡色彩。不過我也花了兩三年研究那個時代船隻的設計圖和模型，了解客艙和隔間的大小，並確認一個人要怎麼在船的各區域之間來回。

《玫瑰的名字》出版後，第一個提出改編電影提案的導演是馬可．菲萊利（Marco Ferreri）。他告訴我，「你的書好像是特意寫得像電影腳本的，因爲對話的長度都恰到好處。」剛開始我不了解他爲什麼這麼說，然後我想起來，我眞正開始動筆前，我畫了

數百張迷宮和修道院平面圖，這樣我能才知道，當兩個角色從一處走到另一處時會花上
多少時間，一邊走路時他們可以說多少話。因此，我虛構世界的設計圖支配了對話的長 〔14〕
度。

藉此，我了解一部小說並非只是一種語言現象而已。詩的文字之所以難以翻譯，是因爲詩的音韻，以及行文中刻意製造出的多重意義都十分重要，是文字的選擇決定了詩的內容。敘事文卻是相反的狀況，是作者所創建的「宇宙」，和發生在這宇宙裡的事件支配了文章的韻律、風格，甚至是文字的選擇。敘事文受到一個拉丁諺語的影響，「把握主題，話語自然從之」（Rem tene, verba sequentur）。詩則正好相反，「把握話語，主題自然從之」。

最重要的一點是，敘事文是宇宙等級的事件。爲了講述某件事，你必須像個造物主般創造一個世界，這個世界必須盡可能造得準確，如此你才有把握自在穿梭其中。

我一直都嚴密地遵守這個原則，例如，《傅科擺》中，我提到馬弩奇歐和葛拉蒙出版社（Manuzio and Garamond）是位於兩棟相連的大樓內，而兩棟大樓之間有個聯絡通

道，我花了很長時間畫大樓平面圖，試圖搞清楚這個聯絡通道應該是什麼樣子，爲了配合兩棟大樓間樓層的高低差異，是否需要在裡頭加上一些階梯。小說中我簡短提及了階〔15〕梯的事情，而我想大多數讀者都沒注意到這一點，就這樣看過去了。但對我來說這件事情很重要，如果我沒有好好設計聯絡通道，我就沒辦法繼續寫故事了。

有人說，盧奇諾·維斯康提（Luchino Visconti）拍電影時也會做同樣的事。若腳本提到有兩個角色在討論一個珠寶盒的事情，即使電影裡從未打開這個珠寶盒，他也堅持盒子裡要放進眞的珠寶，否則演員的表演就會少了那麼點說服力。

我不認爲《傅科擺》的讀者應該要知道出版社辦公室的確切平面圖。雖然對作者來說，小說世界的結構（故事裡發生事件和角色活動的場景）是最基本的事項，但對讀者來說，他們通常不會知道微小的細節。可是在《玫瑰的名字》，書的一開頭我就給了一張修道院的平面圖。這是參照過去老派偵探小說的小玩笑，那些偵探小說通常會附上犯罪現場（像是牧師宅邸或領主莊園）的平面圖，此外，也是某種對「現實主義」的嘲諷，作爲證明這個修道院眞實存在的「證據」。但我還是希望讀者可以想像書中角色在修道院內是如何移動的。

出版《昨日之島》之後，德國的出版社問我，若書內加上一張船的平面圖，會不會有利讀者閱讀。我手上確實有一張船的平面圖，而且我花很多時間設計這艘船，一如我〔16〕爲《玫瑰的名字》用心設計了修道院。但是依照《昨日之島》的狀況，我希望讀者能跟主角一樣困惑。這位主角在迷宮般的船艙內迷失方向，然後又通常都是酩酊大醉後才開始在船內到處探索。所以我得讓我的讀者感到迷惑，同時我自己要有很清楚的概念，就像我之前說的，船的空間設計必須準確到以公釐爲單位去測量。

發想

另外一個常常被問及的問題是，「你開始寫作時，你的腦子裡有什麼樣粗略的想法，或是較詳細的計畫？」直到寫完我的第三本小說我才眞正了解，我的每一本小說都是出於一個發想，而這發想也只不過是個畫面而已。《玫瑰的名字註解本》（*Reflections on "The Name of the Rose"*）中，我說我之所以想寫這部小說，是因爲我想要「毒殺一個僧侶」。事實上，我並沒有要毒殺什麼僧侶，我的意思是說，我沒想過要毒殺任〔17〕何人，不管是僧侶還是非神職人員。我只是受到一幅畫面的衝擊，亦即一個僧侶在閱讀書籍時遭到毒殺。或許是因爲我想起了十六歲時的一個經歷：當時我造訪一座本篤會修道院（位於蘇比亞科〔Subiaco〕的聖思嘉〔Santa Scolastica〕修道院），我穿越中世紀的迴廊，進入一座幽暗的圖書室，發現讀經台上放著一本打開的《諸聖傳記》（*Acta Sanctorum*）。我在一片深沉的寂靜中瀏覽這本厚重的書籍，有幾道光束穿過彩色玻璃投射進室內，我當時一定感覺到某種東西讓我全身激動地戰慄。四十多年後，那種戰慄的感覺從我潛意識裡浮現出來。

這就是我的發想影像。我試著了解那是什麼影像時，其餘的一切就一點一點地浮現。而當我翻找這二十五年來收集的中世紀檔案資料（我當初收集資料的目的完全不是爲了寫小說），整部小說就逐漸成形。

寫《傅科擺》的狀況就完全不同。我寫完《玫瑰的名字》後，感覺我已經在這本處女作（也可能是最後一本著作）中表達出所有關於我的一切事物了（雖然是用比較間接的方式）。我還剩下什麼可以寫？此時我的腦海裡浮現兩個影像。

第一個是萊昂・傅科（Léon Foucault）發明的傅科擺。我三十年前曾於巴黎看過這個傅科擺，當時留下很深刻的印象——這又是另一個藏於我靈魂深處的戰慄情感。第二個〔18〕影像，是我看到自己在一個義大利反抗組織（Italian Resistance）成員的葬禮上吹小號。我一直告訴大家，這是我眞實的體驗，因爲那眞的是很美的影像，也是因爲之後我看了喬伊斯（Joyce）的小說（《斯蒂芬英雄》[*Stephen Hero*]），我才了解原來我的經驗就是他所謂的「靈光乍現」（epiphany）。

因此，我決定我要說一個故事，以傅科擺爲開頭，然後結尾是在一個晴光明朗的早晨，一個年輕的小號手在墓園裡吹奏。不過我要怎麼從傅科擺連結到小號？爲了回答這個問題，我整整花了八年時間，最後的答案就是這一部小說。

至於《昨日之島》，一切是始於一位法國記者的提問，「你爲什麼可以把空間描述得這麼精準？」我從來沒注意過我自己是怎麼描述空間的，但是我思考這個問題時了解了一件事，那就是我之前說過的，若你創造出一個夠精細的世界，你就可以知道該如何描述空間，因爲這一切都已經在你眼前了。有一種古典文學類型叫做「讀畫詩」（ekphrasis），這種讀畫詩會將某一特定的形象（畫作或是雕像）描述得栩栩如生，讓從未見過這些形象的人也能彷如身歷其境。如同約瑟夫・愛迪生（Joseph Addison）[8]在〔19〕《想像的愉悅》（*The Pleasures of the Imagination*, 1712）一書中所言，「若我們選對文字，這些文字可以具有強大的力量，比起直接與某樣事物面對面，對於這個事物的形容往往能給予人更鮮活的概念。」據說，一五〇六年，當勞孔（Laocoön）的雕像在羅馬被挖掘出來時，老普林尼（Pliny the Elder）[9]在《博物志》（*Naturalis Historia*）中對雕像的詳盡描述，讓大家能一眼就認出那座著名的希臘雕像。

所以，我何不說個故事，讓「空間」在其中佔有重要地位呢？此外（我告訴自己），在前兩本小說裡，我已經說了太多有關修道院和博物館的事情，這兩者皆是封閉的文明空間，我可以試著描寫一個開放的、自然的空間。那我要怎麼做才能在小說裡塞入大量的空間（除了自然以外什麼都沒有）？把我的主角放在一個無人荒島上就可以了。

同時，我對世界時鐘很有興趣，世界時鐘可以顯示地球上許多地點的當地時間，還會在一百八十度的子午線上標示國際換日線。大家都知道這條線確實存在，因爲每個人都看過儒勒·凡爾納（Jules Verne）的《環遊世界八十天》（*Around the World in Eighty Days*），但我們通常不會去思考這件事情。

我的主角得要位於國際換日線的西側，遙望位於換日線東側的島，因爲東側的時間比西側快一天。他不需要直接在那個島上遇難，但他必須處於孤立無援可是又能眺望島〔20〕的位置，他也不能會游泳，這樣他就不得不一直看著那座在時間和空間上都與他隔著一段距離的島。

我的時鐘告訴我，那個重要的地點就位於阿留申群島（Aleutian Islands），可是我不知道該怎麼安排我的主角滯留在那兒。我能不能讓主角在鑽油平台遇難？我先前提過，當我描寫一個特定地點時，我需要親自到當地去才行，可是想到要去阿留申群島這麼冷的地方，實在是一點都不吸引我。

可是當我一邊思考這個問題，一邊翻閱我的地圖集，我發現國際換日線也通過斐濟群島（Fijian archipelago）。這個位於南太平洋的島嶼和羅伯特・路易斯・史蒂文生（Robert Louis Stevenson）有很深的淵源。十七世紀時，歐洲人就已經知道這些島嶼的存在。我相當了解巴洛克文化，那正好是三劍客與黎塞留樞機主教（Cardinal Richelieu）[10]的時代。我只要起個頭，小說就會自己發展下去。

一個作者創造出一個特殊的敘事世界之後，文字就會從此流出，而這些文字正好是這個特殊世界所需要的特定語言。基於此理由，《玫瑰的名字》裡，我採用中世紀編年〔21〕史的敘事風格：精準，天真，有時候顯得單調（一個生存於十四世紀的謙卑僧侶寫起文章來不會像喬伊斯，回憶起過去時也不會像普魯斯特）。此外，既然我假設這部小說是騰寫自一份翻譯中世紀文本的十九世紀文獻，文體必須間接地呈現出中世紀編年史的拉丁文風格，比較直接呈現的文體則是那位現代翻譯者的風格。

在《傅科擺》，我必須使用多種語言風格。安其利（Agliè）有教養而仿古的語言，艾登提（Ardenti）僞鄧南遮（D'Annunzian）[11]式的法西斯主義發言，貝爾勃（Belbo）在祕密檔案內使用的幻滅而嘲諷的文學語言（那狂熱的文學引用方式眞的是很後現代），葛拉蒙庸俗的文體風格，還有三位編輯談論他們那些不負責任幻想時的粗俗對話，把龐雜博學的資料跟生澀的雙關語混在一起使用。之所以會出現這些「跨越各領域」的語言形式，並非基於選擇單一的文體風格，而是由事件發生的世界其性質，還有各角色的心理面向所決定的。

在《昨日之島》，文化時代是很重要的決定性因素。時代不只影響了文體，也影響了敘事者和角色間不斷進行的對話該以何種結構呈現。同時，在這場爭論中，讀者也不斷被要求作爲一個見證人與共謀者。我之所以會選擇後設敘事的文體，是因爲我的角色應該要以巴洛克風格說話，但是我自己沒有辦法這麼做，所以我需要一個喜怒無常又具〔22〕有多種功能的敘事者，他有時候會被角色的饒舌給激怒，有時候他又成爲這些角色的受害者。而有時候，爲了緩和角色的饒舌，他會向讀者致歉。

目前爲止，我已經說明了：第一，我寫作的起點是一個發想，或是一個影像。以及第二，敘事世界的結構決定了文體風格。我大膽嘗試的第四部小說《波多里諾》，卻跟上述兩點大相逕庭。關於發想，至少兩年之中，我腦子裡有一堆發想，而如果有這麼多發想，就表示這些完全稱不上是種發想。在某個時刻，我決定讓我的主角是個出生於亞歷山卓（Alessandria）的男孩。亞歷山卓是我出生的城市，於十二世紀左右建立，曾經遭腓特烈一世（Frederick Barbarossa）圍城。此外，我希望這位波多里諾是傳奇人物加里歐多（Gagliaudo）的兒子。在腓特烈一世即將征服城市時，加里歐多用了某種惡意的手段、謊言，和騙術將他擊退——若你想知道他用的是什麼手段，請看這本書。〔23〕

《波多里諾》是我的大好機會，重返我最愛的中世紀題材，回到我個人的根源，以及重回我對僞造物的熱愛。但是這樣還不夠，我不知道該怎麼起頭，不知道該用什麼樣的文體，不知道我的主角是誰。

我回想起一件事情，那就是在過去那個年代，我故鄉城市裡的人不再使用拉丁文，而開始用一種某些方面很近似現代義大利文的語言，當時這種語言還是在發展的初期階段而已，但我們目前找不到當時義大利東北部人所使用語言的紀錄。所以，我可以隨意創造出當地人的用語習慣，這是一種十二世紀時波河流域的人使用的假設性混雜語言，而且我想我做得還挺不錯的，因爲我有個在教授義大利語言史的朋友告訴我，雖然沒人能證實或質疑我發明語言的正確性，但他認爲波多里諾所使用的語言很有可能就是那個時代的語言。

這種語言雖然爲我那些勇氣可嘉的譯者們帶來不小的問題，卻能提示出我這位主角波多里諾的心理面向，也讓我的第四部小說呈現出無賴漢冒險小說風格，這一點跟《玫瑰的名字》正好完全不同。後者是知識份子以極有教養的文體來描述故事，而《波多里諾》裡的人物卻是一群農夫、武士，和粗魯無禮的流浪詩人。因此，是文體決定了我要說什麼樣的故事內容。

然而，我卻了解到，《波多里諾》也跟其他小說一樣，都是基於某個模糊但強烈的影像。我從很久以前就對君士坦丁堡相當著迷，卻從未親自去過。爲了找個理由拜訪這座城市，我得要寫個跟這城市以及拜占庭文明有關的故事。所以我就前往君士坦丁堡了。我探索了這城市表面的模樣，以及深藏其中另一層面的世界，然後我找到了小說開頭的第一個影像：一二〇四年，十字軍放火燒了這座城市。

我們有陷入火海的君士坦丁堡，一個年輕的詐欺師，一個德國皇帝，和一群東方僧侶，這部小說就成形了。我承認這不是什麼能夠使人信服的寫作訣竅，但對我來說倒是很受用。

我還要補充一點，在我閱讀大量有關拜占庭文化的資料時，我發現了尼塞塔・柯尼亞特（Niketas Choniates）這位生存於同一時代的希臘史學家，因此我決定讓波多里諾（詐欺師）向尼塞塔描述整個故事。我也加入了後設敘事的體裁，在這個故事裡，不僅只是尼塞塔，就連敘事者跟讀者都搞不太清楚波多里諾究竟在說什麼。

限制

我在前面提過，只要我找到了發想的影像，故事就會自己往前推進，但只有某種程度上是如此。爲了讓故事有進展，作者必須設下一些限制。

對任何試圖創作藝術作品的作者來說，限制都是基本要件。一個畫家決定畫油畫而非蛋彩畫，他決定使用畫布而非畫在牆壁上。一個作曲家選擇使用某個特定音調，一個詩人決定使用押韻對句（rhyming couplets），或十一音節一行詩（hendecasyllables），而非亞歷山大式詩行（alexandrines）——任何一種都自成一套限制的系統。即使是好像在避開任何限制的前衛藝術家也是如此，他們只是建立了沒有被察覺到的其他限制而已。

如同我在《玫瑰的名字》裡，選擇用《啓示錄》的七個號角作爲接下來連續事件的陰謀背景，就是一種限制。另一個限制就是將故事場景設定在某一特定時代，這麼一來有些事情會發生，有些事情則不會。《傅科擺》也有一項限制，那就是爲了符合我故事

〔25〕

中角色們對神祕學的狂熱著迷，這本書必須剛好是一百二十章，而故事內容也要像卡巴拉的生命樹（Sephiroth of the Kabbalah）一樣，分成十個部分。

《傅科擺》的另一個限制是，角色們必須經歷過一九六八年的學運。不過貝爾勃是用電腦寫下他的檔案——這些檔案在故事裡扮演了重要角色，就某部分來說，他的檔案引發了隨機組合的特質——因此最後發生一連串事件的時間只能在一九八〇年代初期，不能更早，因為義大利初次販售具有文字處理功能的個人電腦，是在一九八二到一九八三年間。但為了要讓時間從一九六八年跳躍到一九八三年，我被迫得把我的主角卡素朋送到另一個地方去。哪裡呢？我想起我曾經在巴西看過一些魔法儀式的經驗，因此我就讓卡素朋在那兒待了十年。有些人可能會認為主角離開故事主線太久了點，可是對我（還有一些好心的讀者）來說，這個安排很重要，因為在巴西發生的事情是一種幻覺式的預感，預示了我的角色們在這本書後半部的遭遇。〔26〕

如果ＩＢＭ或Apple早六、七年開始販賣配備文字處理功能的個人電腦，我的故事就會變得很不一樣了，這本書裡就不會寫到巴西，而從我的觀點來看，這可是一大損失。

《昨日之島》則是以一連串時間性的限制爲基礎。例如，我希望我的主角羅貝托在黎塞留去世時（一六四二年十二月四日），正好在巴黎。黎塞留過世時，有必要讓羅貝托也在場嗎？一點也不需要，就算羅貝托沒有看見黎塞留臨死之際的痛苦掙扎，也不會影響我故事的進行。此外，當我引入這個限制時，我從沒想過這麼做會有什麼效果。我〔27〕只是想呈現黎塞留在死亡邊緣的掙扎而已，這是我單純的虐待狂想法。

不過那個限制卻迫使我得解決一個疑問。羅貝托必須在隔年八月抵達那座島，因爲我是在那個月分去拜訪斐濟群島的，所以我只能形容出夏季時分太陽從夜空中升起的景象。從歐洲到美拉尼西亞的航程，確實有可能花上六到七個月，可是，這個時候我遇上了一個非常大的困境，八月之後，必須有個人在羅貝托曾經待過的那艘船上發現他的日記。可是荷蘭探險家阿貝爾．塔斯曼（Abel Tasman）[12]可能是在六月前抵達斐濟群島的，也就是羅貝托到群島前的事情。這解釋了爲什麼我會在最後一章暗示「塔斯曼很可能兩度經過群島」，用以說服讀者，卻沒有在他的航海日誌中留下第二次造訪的紀錄（如此一來可引發作者和讀者聯想到噤聲、陰謀、模稜兩可），或者是布萊船長

（Captain Bligh）[13]逃出邦提號（Bounty）的叛亂後曾經停靠過這座島嶼（這是一個更迷人的假設，而且可以巧妙又諷刺地將兩個文本世界結合在一起）。

我的小說還依靠很多種限制才能成立，但我無法在這裡一一道出。爲了寫出一部成〔28〕功的小說，作者是需要保密，不能說出某些寫作訣竅的。

至於《波多里諾》，我先前提過，我希望故事開始於一二〇四年的君士坦丁堡大火。既然我安排讓波多里諾僞造一封祭司王約翰（Prester John）的信件，而且要爲建立亞歷山卓出一份力，我就必須讓他於一一四二年左右出生，所以在一二〇四年時，他已經六十二歲了。這麼一來，故事就會從結尾開始說起，波多里諾會以倒敘方式述說他過去的冒險經歷。沒問題。

但是，波多里諾從祭司王約翰的王國歸來時，他發現自己身在君士坦丁堡。由歷史觀點來說，祭司王約翰的假書信是在約一一六〇年左右僞造並散布出去的，我的小說裡，波多里諾僞造這封信是爲了說服腓特烈一世前往那個神祕的國度。所以，即使波多里諾花了十五年前往那個王國，在那兒待上一陣子，一路上逃脫數以千計的危難，他的朝聖之旅都不可能早於一一九八年（且歷史資料也證明了，腓特烈一世是那一年前往東方的）。那麼，一一六〇到一一九〇年間，我要安排波多里諾去做什麼？爲什麼他將僞造書信散布出去後不馬上啓程踏上他的探險之旅？這就跟《傅科擺》裡電腦的事情一樣。〔29〕

所以我不得不讓他忙著做別的事，一直延後他出發的時間。我得創造出一連串意外事件，好讓他延到世紀末再出發。不過唯有這麼做，才能讓這部小說創造出一種壓抑慾望的疼痛（不只是波多里諾，讀者也能感受到這種疼痛）。波多里諾渴求找到那個王國，可是他的探索卻必須不停延後。因此，祭司王約翰的王國成爲波多里諾渴求的目標，而我希望那也能成爲讀者閱讀時渴求的目標。這再一次證明了限制所帶來的益處。

雙重符碼

我跟那些說寫作是爲了自己的爛作家可不是同一夥的。作家唯一能寫給自己的東西是購物清單，購物清單提醒他們該買什麼，而且用完了就可以扔掉。其餘東西，包括洗衣清單，都算是寫給另一個人的訊息。它們並不是獨白，它們是對話。

現在，有些評論家發現我的小說裡包含了一種典型的後現代特徵，也就是雙重符碼。[14]

我從一開始就知道了——我在《玫瑰的名字註解本》中曾提過——不管後現代主義〔30〕的定義究竟爲何，小說中我至少使用了兩種後現代技巧。一種是互文性的諷刺，我直接引用某些知名作品，或多少用簡單易懂的方式提及這些作品。第二個是後設敘事，當作者直接對著讀者說話時，反映出文本具有獨立發展的特質。

「雙重符碼」是同時使用互文性的諷刺跟隱匿的後設敘事。雙重符碼這個字是由建築師查爾斯．詹克斯（Charles Jencks）創造的，對他來說，後現代建築「同時傳達出兩種層次：一種是針對其他建築師和少數相關者，他們特別關注建築物的相關意義，另一種則是針對多數大眾或當地居民，他們關注的是其他議題，例如舒適性，傳統建築和生活方式」。[15]他接著又繼續說明「後現代建築和藝術作品同時傳達出兩種符碼，一種是給少數、菁英份子的『高階』符碼，另一種是給多數大眾的通俗符碼」。[16]

請讓我舉自己的作品爲例，說明什麼是雙重符碼。《玫瑰的名字》的開頭，是作者說明他如何偶然入手一份中世紀文本。這是互文性諷刺的明顯案例，因爲重新發現的手稿這個文學主題（亦即文學中常見的陳腔濫調）本身就屬於高貴的文學系譜之一員。這〔31〕種諷刺具有雙重效果，同時也暗示了後設敘事的存在，因爲文本宣稱，作者是透過這份原始手稿在十九世紀時的翻譯版本，才得知手稿的內容——這說詞讓這部小說內的某些新歌德式小說元素變得合理。純眞無知的大眾讀者無法享受接下來的敘事方式，除非他們能意識到這是個層層套疊的機關遊戲，是回溯源頭的手法，能讓整個故事散發出曖昧的光輝。

要是你記得，在書的開頭提到中世紀資料來源的章節標題是「想當然耳，是手稿」。「想當然耳」這句話應該會給經驗豐富的讀者帶來特別的效果，這些讀者必定能理解他們面對的是一個文學主題，而作者也顯露出他「影響的焦慮」（至少義大利讀者可以理解），因爲這個開頭很明顯地指涉了十九世紀偉大的義大利作家，亞歷山德羅·

曼佐尼（Alessandro Manzoni），他在其著作《約婚夫婦》（*The Betrothed*）中即宣稱是以一份十七世紀的手稿作爲資料來源。有多少讀者可以接收到「想當然耳」這句話所產生的諷刺共鳴？並沒有多少人，因爲有很多讀者寫信問我這份手稿是否眞的存在。但是，就算讀者無法接收到暗示，他們也能欣賞接下來的故事，並感受到故事的韻味嗎？我想是可以的。這些讀者們所失去的，僅是一個理解的眨眼示意而已。

我承認，使用這種雙重符碼的寫作技巧，讓作者可以與經驗豐富的讀者建立起某種〔32〕沉默的共謀關係，不過其他不能理解這些文雅暗示的大眾讀者，可能會隱隱覺得少了些什麼。但是我相信，文學並非僅只爲了娛樂和撫慰大眾而已。它也可能激發讀者，讓他們爲了要更深入了解文本，而想再一次或多次重讀同一個文本。因此我認爲，雙重符碼並不是什麼高高在上的睥睨，而是對讀者的智慧和熱情所表達的尊敬。

第二章

作者，文本，和詮釋者

把自己作品標題定為《玫瑰的名字》，就要有心理準備面臨諸多對於這個標題的詮釋。我曾經說過，我定這個標題是為了讓讀者自由發揮。我可能是有意增加各種閱讀方式的可能性，結果產生了大量且避免不了的一連串詮釋。不過文本已經被丟到這個世界上了，作者只好閉嘴。

有時候，翻譯我作品的譯者會問我這個問題，「我完全不知道該怎麼翻譯這一段才〔33〕好，因爲內容太曖昧模糊了。我可以用兩種方式來解讀這一段。你到底想表達什麼意思呢？」

依照不同的狀況，我會給出以下三種可能的回應。

一、你說得沒錯，我的表達方式完全不對。請你刪除所有可能造成誤解的段落，我也會在下次義大利文版修訂時這麼做。

二、我是故意要寫得這麼曖昧模糊的。若你仔細閱讀，就會發現這種模糊不清的性質跟文本的閱讀方式有關。請你盡可能在翻譯時也保留模糊曖昧的特性。

三、我不知道這一段會變得這麼曖昧不明，而且老實說我也不是故意要這麼做的。不過身爲一個讀者，我發現這種曖昧的特質很有意思，而且對文本接下來的推展相當有益。請你盡可能在翻譯時保留這種效果。〔34〕

現在來看看，若我早幾年就去世的話（在這個世紀結束前，其實有好幾個機會可能讓上述的反事實條件句成眞），我作品的譯者（同時身爲一般讀者和我作品的詮釋者）也可能靠自己想出以下幾個結論，而這些結論事實上就跟我提供的可能答案相差無幾。

一、這段落寫得這麼曖昧不清，實在是沒什麼道理，而且也會讓讀者更難理解文本的內容。作者大概也沒料到這一點，所以最好把模糊不清的部分刪除掉，畢竟「智者千慮，必有一失」（Quandoque bonus dormitat Homerus）。

二、作者很可能是故意這麼做的，我應該要盡量尊重他的決定。

三、作者很可能沒發現自己這一段寫得很曖昧模糊。可是從文本的觀點來看，這種難以預料的印象能帶來許多言外之意和嘲諷的效果，整體來說是相當有益的文本策略。

在這裡我想說的是，所有所謂的「創意作家」（我之前曾解釋過這個有趣的詞彙）〔35〕都不應該對自己的作品提出任何說明。文本是一個被動的裝置，應該期待由讀者來代替它進行某些工作。也就是說，文本的構造原本就是設計來引發讀者自己做出詮釋的（如我在《讀者的角色》[*The Role of the Reader*]一書中所言）。當讀者在探究某一文本時，向作者提問是很不恰當的。另一方面，讀者不該只憑藉自己的異想天開就隨意做出任一種詮釋，而是應該要確認文本是否不只是認定，也鼓勵某種特定的詮釋方式。

在《詮釋的界限》（*The Limits of Interpretation*）這本書中，我列出了作者的意圖，讀者的意圖，和文本的意圖之間的差異。

一九六二年，我寫了一本書，書名爲《開放的作品》（*Opera aperta*，英文版標題爲*The Open Work*）。[1]書中，我強調詮釋者在閱讀一本具有美學價值的書籍時所扮演的主動角色。在那本書的寫作年代，讀者們主要都只注意整體的「開放」面向，卻忽略了一件事實，那就是我所贊同的開放性閱讀方式，其實是被某些特定的作品所誘發出來的（目的在於詮釋）。換句話說，我研究的是文本的權利，與詮釋者的權利兩者間的對話關係。而過去數十年來，我總感覺詮釋者的權利被過分強調了。

我已在數本著作中詳盡說明了無限符號（unlimited semiosis）的概念，這個概念是由 〔36〕

C.S.皮爾斯（C.S. Peirce）首先提出來的。不過，無限符號的概念，並不必然表示詮釋是沒有標準的。首先，無限詮釋跟系統相關，而非跟步驟相關。

讓我先來釐清一件事。藉由語言系統這個裝置，我們可以製造出無限延伸的語言串列。若我們想了解一個詞彙的意思而去查字典，我們會找到該詞彙的定義和同義字——也就是其他詞彙——接著我們又去找其他詞彙是什麼意思，而從這些詞彙的定義中，我們又可以轉換到其他更多詞彙，就這樣一直繼續下去，可以說是一種潛在性的永無止境。就如喬伊斯在《芬尼根守靈夜》（*Finnegans Wake*）中所言，字典是爲理想讀者所寫的書籍，而這些讀者正苦於理想的失眠症。一本好的字典必須具有循環迂迴的特性，必須用很多其他詞彙來說明「貓」是什麼，不然就乾脆闔上字典，指著一隻貓說「那就是貓」。這麼做非常簡單，而在我們還小的時候，只要用這種解釋方式就夠了。不過這卻無法幫助我們理解何謂「恐龍」、「然而」、「儒略．凱撒」（Julius Caesar），和「自由」。

相對來說，一個文本（在某種程度上，文本是爲了控制一個系統的可能性而產生的成果）的開放性和字典並不相同。當一個人在創作文本時，他也同時減少了選擇語言的可能範圍。若某人寫道，「約翰在吃……」接下來所使用的詞彙很有可能是名詞，而這〔37〕個名詞絕對不會是「樓梯」（雖然在某些情境裡有可能會是「劍」）。藉由降低語言串列無限延伸的可能性，文本也抑制了使用某些詮釋方式的可能性。在英文字典裡，「我」這個代名詞意指「若某一句子裡出現『我』這個字，即為該句子的發表者」。根據字典所提供的各種可能性，這個「我」可以是林肯總統（President Lincoln）、奧薩瑪・賓拉登（Osama bin Laden）、格魯喬・馬克斯（Groucho Marx）[2]、妮可・基嫚（Nicole Kidman），或曾存在於過去、現在、未來的數十億人其中之一。但在一封有我署名的信件裡，「我」指的是「安伯托・艾可」。這跟賈克斯・德希達（Jacques Derrida）和約翰・希爾勒（John Searle）在有關簽名和語境的著名爭論中，德希達所提出的異議無關。[3]

雖說文本的詮釋具有潛在性的無限特質，但並不表示沒有一個詮釋的客體——意即沒有眞正存在的東西（不管是事實還是文本）。雖然文本具有潛在性的無止境特質，但並不表示任何一種詮釋方式都可以導引至好的結果。這就是爲什麼我會在《詮釋的界限》裡提出某種可否證性（falsifiability）的標準（由哲學家卡爾・波普爾［Karl Popper］的理論所啓發）：我們可能很難決定哪一種特定的詮釋方式是對的，或很難說同一文本的〔38〕兩種詮釋方式中哪一種比較好，不過我們可能看得出哪一種特定詮釋方式的錯誤顯而易見，是愚蠢且牽強附會的。

有些當代批評理論確信，誤讀才是眞正有用的文本閱讀方式，而文本是因爲其本身所引發的一連串反應才存在。這一連串的反應也表示我們可以用無限種方法來「使用」文本（例如，我們在替火爐添加燃燒物時，也可以不加木柴，而是把聖經丟進去燒），並非要我們循著對文本意圖的合理推測，去做出某些詮釋。

我們該如何確認對文本意圖的某個推測是合理的？唯一的方法，就是將這個推測與文本的整體做對照並檢視。這個觀念很古老，而且是出自奧古斯丁（《論基督教教義》［*De Doctrina Christiana*］）對一文本中某一部分的詮釋，只有經由同一文本中的另一部分確認之後，才算是合理的詮釋（若與同一文本中的另一部分產生矛盾，則應被認爲是不合理的詮釋）。如此一來，文本內在的協調性便得以掌控讀者失控的詮釋慾望。

讓我舉一個例子，有一個文本是刻意且有計畫地鼓勵讀者做出最大膽的詮釋，亦即《芬尼根守靈夜》。一九六〇年代時，《覺醒通訊》（*A Wake Newslitter*）刊登了幾篇文〔39〕章，討論可以在《芬尼根守靈夜》中找到多少跟歷史事實相關的引用，例如德奧合併和一九六三年的慕尼黑公約。[4]爲了挑戰這種詮釋方式，內森．哈爾伯（Nathan Halper）指出，「合併」（Anschluss）一詞也具有非政治性，日常使用的意義（例如「結合」和「包含」），而且「文本情境並不支持政治性」的解讀。爲了證明我們可以輕易在《芬尼根守靈夜》內找到任何一種解讀方式，哈爾伯舉了貝里亞（Beria）這個例子。首先，在「螞蟻和蚱蜢的故事」的開頭，他找到這個措辭「So vi et!」，他起先認爲這個措辭可以連結到標準共產主義的螞蟻社會。但翻過一頁後，他又看到引用了「貝利亞」（Berial）這個字，第一眼看到時他認爲這是「埋葬」（Burial）的變體。這有沒有可能是在指涉蘇聯的總理拉夫連季．貝里亞（Lavrenti Beria）？但是在他被任命爲蘇聯內部人民委員會（Commissar of Internal Affairs）代表的一九三八年十二月九日之前，貝里亞的名字並不爲西方世界所知（在那之前，他只是個微不足道的公務員），而一九三八年十二月九日時，喬伊斯的手稿已經送出付印了。然而「貝利亞」這個字早在一九二九年於《轉型》（*Transition 12*）刊出的版本時就已經出現了。這個問題似乎需要以外在的證據來解決，雖然有很多詮釋者樂意聲稱喬伊斯有預言能力，也事先預見了貝里亞的崛起。這個〔40〕說法相當荒唐，不過你永遠可以從喬伊斯的粉絲當中找到更愚蠢可笑的事情。

更有趣的是內在的——也就是文本方面的——證據。在接下來一期的《覺醒通訊》中，露絲．馮．普爾（Ruth von Phul）指出，「so vi et」很可能意指獨裁型宗教團體成員所說的「阿們」（Amen）。這幾頁內容的一般情境並沒有政治性質，反倒具有聖經性質。螞蟻說：「廣大的貝皮（Beppy）王國國運昌隆！我的王國國運昌隆！」「貝皮」是「約瑟」（Joseph）在義大利文的暱稱，「貝利亞」很可能間接暗示聖經的約瑟（雅各 [Jacob] 和拉結 [Rachel] 的兒子），約瑟曾經歷過兩次象徵性的埋葬，一次在地窖，一次在監獄。約瑟的兒子是以法蓮（Ephraim），以法蓮的兒子是比利亞（Beriah，《歷代志》23:10〔*Chronicles* 23:10〕），約瑟的兄弟叫亞設（Asher），亞設的兒子是比利亞（《創世紀》45:30〔*Genesis* 45:30〕）……等等。[5]

馮．普爾所找到的很多暗示都相當牽強附會，但無庸置疑地，這一段內容裡的引用都具有聖經性質。所以文本內在的證據也證明，我們可以將拉夫季連．貝里亞排除在喬伊斯的著作之外，而我想聖奧古斯丁也會同意這個論點。

文本是一種裝置，被設計來製造出它的模範讀者（Model Reader），這個讀者並不會做出「唯一正確」的推測，文本可以預見一個有權試著做出無限多種推測的模範讀者。經驗讀者（Empirical Reader）只是推測出文本所要求的模範讀者會是什麼樣子，並依此去行動。既然文本的意圖是在製造出可以對其做出各種推測的模範讀者，模範讀者的任務也包含了去了解模範作者是誰。而這個模範作者並非經驗作者，且必須始終都配合文本的意圖。

識別出文本的意圖，就等於識別出符號學的策略。有時候，我們可以藉由已建立的文體風格傳統，辨識出符號學的策略。若故事的開頭寫著「很久很久以前」，那麼我就有充分的理由假設這是一個童話故事，而其所吸引和要求的模範讀者是兒童（或者是個渴望喚起童心的成年人）。當然，若這樣的開頭帶有些諷刺語調，那麼我們可能就得用更複雜的方式閱讀接下來的文本。但即使從文本的進展來看，我們都可以了解該如何閱讀這個文本，更重要的事情是得要注意，這是一個將開頭僞裝成童話故事的文本。

當文本像個瓶中信一樣被丟入廣大的世界裡——這種情況不僅只發生在詩和敘事文，其他書籍如康德（Kant）的《純粹理性批判》（*Critique of Pure Reason*）也是一樣——也就是說，當文本並不只是爲了單一讀者，而是爲了廣大的群體所創作時，作者〔42〕會了解，他（或她）的作品並不會依照自己的意圖去詮釋，而是依照包含讀者以及他們的語言能力（作爲一種社會價值）在內的一連串複雜的反應策略。我所謂的「社會價值」，並不只是包含一連串文法規則的特定語言，而是使用這個語言時所衍生的整部百科全書：這個語言所創造的文化傳統，過去對許多文本所做的詮釋歷史，當中還包括讀者目前正在閱讀的這個文本。

閱讀的行爲應該要考量各種元素，雖然作爲一個單一讀者，要全部掌控這些元素是不可能的事情。因此，每一種閱讀的行爲都是一個複雜的執行過程，用以處理讀者的能力（讀者對世界的知識），以及特定文本所意圖引發某種「經濟性」閱讀方式的能力——這種閱讀方式能增進對文本的理解和愉悅感，且是能被文本的情境所支持的。

一個故事的模範讀者並不等於是經驗讀者。所謂經驗讀者是你、我，和任何閱讀文本的人。經驗讀者可以用各種方式去詮釋文本，沒有規則告訴他們該如何閱讀，因爲他們通常將文本當作發洩自己熱情的工具，這些情感有可能來自文本的外部，或者是因爲某種機運才激發出來的。

〔43〕

容我舉個有趣的例子，來看某些我作品的讀者如何作爲一位經驗讀者而非模範讀者。我有一位童年時期即認識的朋友，但我們已經好多年沒有聯絡了。我的第二本小說《傅科擺》出版後，他寫信給我。「親愛的安伯托，我不記得我跟你說過我叔叔和阿姨的悲慘故事，不過你就這樣把這件事寫進小說，是很不道德的。」我在這本書裡確實提到某位查爾斯叔叔和凱薩琳阿姨的幾段故事，這兩位是本書主角傑可波．貝爾勃的親戚。這些人並不確實存在，我是用了我童年時有關我叔叔和阿姨的故事，只是做了些調整，當然人名也不一樣。我回答我的朋友說，這位查爾斯叔叔和凱薩琳阿姨其實是「我的」親戚，不是他的（所以我當然擁有著作權），而我甚至不記得他有叔叔和阿姨。我的朋友道了歉，說他太過投入故事，以至於他認爲自己在某些事件中看到自己叔叔和阿姨的影子。這件事不無可能，因爲在戰時（是我描述回憶的年代），同樣的事情都有可能發生在不同的叔叔阿姨身上。

〔44〕

我的朋友身上發生了什麼事？他從我的故事中看到了一些東西，但那是他個人的回憶。他並沒有在詮釋我的作品，而是利用了這個作品。我們很難禁止讀者利用文本來做自己的白日夢，而且我們其實常常這麼做。不過，這不是可以公開的事情，以這種方式使用文本，就好像將文本當作我們的私人日誌，並投入其中。

遊戲是有某些規則的，所謂模範讀者就是願意依照規則行事的玩家。我的朋友忘記了遊戲規則，將自己作爲一個經驗讀者的期望，重疊在作者對模範讀者的期望之上。

在《傅科擺》的第一一五章，我的主角卡素朋於一九八四年六月二十三到二十四日間，參加了在巴黎的藝術科技博物館舉行的神祕儀式之後，他宛如被附身一般，走過整條聖馬丁路，穿越歐爾路，抵達龐畢度中心，接著前往聖梅里教堂。之後他又走過數條街道。我在書中都一一指出名稱，一直到最後他走至孚日廣場。

我先前曾提過，爲了寫這一章，我用了好幾個晚上走過那條路線，身上帶著錄音機，記錄下我看見的景色和我的印象（身爲一個經驗作者，我在這裡揭露我的寫作訣〔45〕竅）。此外，我有個電腦程式能告訴我某年某日在某一經緯度天空的狀況如何，我甚至還發現那天晚上有月亮，而且有時可以從幾個特定地點看到月亮的形態。我這麼做，並不是因爲想模仿埃米爾·左拉（Emile Zola）的寫實主義，而是因爲當我描述一個景色時，我喜歡呈現我眼前出現的事物。

我這本書出版後，我收到一位讀者來信，很顯然這位讀者跑到國家圖書館去查閱了一九八四年六月二十四日當天的報紙。他發現，過了午夜（就是卡素朋開始在街上遊蕩的時間點前後），位於雷米爾路（實際上我並沒有寫出這條路的名稱，但雷米爾路確實與聖馬丁路在某個地點交會）的某個地區發生了火災，而且想必是相當大的火災，因爲報紙對此做了報導。這位讀者問我，卡素朋怎麼會沒有看到火災。

我回答道，卡素朋一定看到火災了，但基於某個神祕的理由，他並沒有提及這件事，至於是什麼理由，我也不知道，這畢竟是一個深埋於眞假謎團裡的故事，所以這麼〔46〕說也是有可能的。毫無疑問地，我的讀者一定還在尋找卡素朋不提火災的理由，甚至猜測這搞不好也是聖殿騎士團的另一個陰謀。眞相是，我很可能根本沒有在午夜時分經過那個地區，或者當我經過那裡時，火災尚未發生，或早已經被撲滅了。我不知道。我只知道我的讀者利用我的文本以達成自己的目的：他希望這本書內的所有細節都可以符合眞實世界所發生的一切事情。

現在讓我告訴你與同一個晚上相關的另一個故事。差別在於，前一個挑剔的讀者希望我的故事可以符合眞實世界發生的事情，然而在下面這個案例中，讀者卻是希望眞實世界可以符合我的故事。這個例子有點特別，不過很值得我們來看看。

有兩個來自巴黎布雜學院（Ecole des Beaux-Arts）的學生給我看一份相簿，他們用照片重建卡素朋那個晚上走過的全部路徑。他們於夜晚相同的時間，將我提及的所有地方都一張一張拍照留存。在第一一五章結尾，卡素朋越過城市的排水道，經過一個地窖後，進入一間東方風格的酒吧，裡面擠滿了汗水淋漓的客人、啤酒桶，和油膩的污水。兩個學生真的找到那個酒吧，還拍了照。不用說，故事裡的酒吧完全是我虛構的，雖然我在創造時，確實設想過那個地區的酒吧可能具有什麼特色。可是毫無疑問地，那兩個男孩真的找到了我在書裡描述的酒吧。我再重複一次，檢視書是否符合眞實世界這類的事是經驗讀者所關心的，但這兩個學生並沒有把自己身為模範讀者的義務與之重疊，相反地，他們希望可以把「眞實的」巴黎改變成我書中所呈現的地方。事實上，存在於巴黎的所有事物中，他們只挑選了那些符合我文本所描述的面向。〔47〕

那個酒吧存在於我的文本中，我肯定這完全是出自我的想像。儘管這個酒吧出現在文本中，經驗作者的意圖卻變得無關緊要。作者常常說出一些自己都沒有意識到的事情，一直到他們從讀者那裡獲得一些回應，他們才會理解自己究竟說了什麼。

然而，這裡有個案例可以讓我們理解經驗作者的意圖。當作者還活著，而評論家對許多該作者的作品做了相關詮釋時，我們可以詢問這位作者，作爲一個經驗個人，他或她在多少程度上意識到這些由文本所支持的各種詮釋。這個時候要注意，作者的回應並〔48〕不是用來確認何種詮釋才正確，而是爲了讓我們看到作者意圖和文本意圖之間的差異。這個實驗的目的與其說是評論性的，不如說是理論性的。

最後，還有一個案例，作者本身也是個文本理論家。在這個狀況中，作者很可能會做出兩種不同的回應。回應可能會是，「我的意思不是這樣的，但我得同意，從文本看來，確實也呈現出這層含義，我很感謝讀者讓我了解到這一點。」或者可能是，「我的意思不是這樣的，但就算不管我的意圖，我也覺得任何理性的讀者都不該接受這種詮釋，因爲這不太合理。」

現在讓我舉幾個例子來向大家說明，在面臨讀者緊抓著文本意圖時，身爲一個經驗作者，我也不得不屈服的情況。

在《玫瑰的名字註解本》中我曾經提過，當我看到一份評論裡引用了「第五天，第九時辰祈禱」這一章裡，威廉在審判結束後所說的一段話時，我感到一陣戰慄般的滿足感。「無瑕最讓你害怕的是什麼？」阿德索（Adso）問。威廉回答，「輕率。」我到現在依然很喜歡這兩句台詞。不過之後我有個讀者指出，就在同一頁，紀伯納（Bernard Gui）以酷刑威脅管事，並說：「伸張正義切忌輕率，那是僞宗徒的誤解，天主要執行正義有數百年時間。」有位讀者問了我很恰當的問題，那就是：威廉所恐懼的輕率，與紀伯納所讚揚的不得輕率之間有什麼關連。我沒有辦法回答這個問題。〔49〕

事實上，威廉和阿德索的對話並沒有出現在我的原始手稿上。我在做校樣的時候加入了這段簡短的對話，因爲我希望紀伯納再度發言前，能多加入幾行台詞，讓整體顯得更平衡，節奏更順暢。而且我完全忘了隨後紀伯納會說出關於輕率的這段話。紀伯納使用很具刻板印象的表達方式，以符合我們對一個法官的期待——像「法律之前人人平等」這種陳腔濫調。唉呀，當我們把威廉提及的輕率和紀伯納提及的輕率並排在一起看時，就會覺得紀伯納說的話其實沒那麼俗套，反倒還挺有內涵。而讀者會去想他們兩人說的是不是同一件事，或者思考威廉所憎惡的輕率和紀伯納所憎惡的輕率是否其實差距並不大，都是很合理的。文本就在那裡，且自己創造出某些效應。不管我是否有意這麼做，我們都面臨了一個問題，那就是具有煽動效果的曖昧不明。我自己也不知道該怎麼解決這個矛盾，雖然我知道這底下一定潛伏著某種意義（或者很多種意義）。〔50〕

一個把自己作品標題定爲《玫瑰的名字》的作者，就要有心理準備面臨諸多對於這個標題的詮釋。身爲一個經驗作者，我曾經說過（在《玫瑰的名字註解本》）我定這個標題是爲了讓讀者自由發揮，「玫瑰具有各種意義豐富的象徵，以至於到現在已經沒有多少意義存留下來：但丁的神祕玫瑰[6]，和『去吧，可愛的玫瑰』（Go, Lovely Rose）[7]，玫瑰戰爭[8]，『玫瑰呀，你病了』（Rose thou art sick）[9]，玫瑰花環（too many rings around the rosie）[10]，『玫瑰不叫玫瑰』（a rose by any other name）[11]，『玫瑰是一朵玫瑰是一朵玫瑰是一朵玫瑰』（rose is a rose is a rose is a rose）[12]，玫瑰十字會（the Rosicrucians）[13]……等等。」此外，還有學者發現，在伯納德．莫萊（Bernard de Morley）《世界沉思錄》（*De Contemptu Mundi*）的早期手稿中有這麼一段話——我借用了莫萊的六步詩作爲我小說的結尾，「昨日玫瑰徒留名，吾等僅能擁虛名。」（Stat rosa pristina nomine, nomina nuda tenemus）——「昨日羅馬徒留名」（Stat Roma pristina nomine），這跟整首詩的前後文，以及暗示失落的巴比倫這一點比較一致。[14]所以如果我偶然看到的是莫萊另一個版本的詩，這本書的標題就會變成《羅馬的名字》（而且呈現出法西斯主義的弦外之音）。

不過實際上標題是《玫瑰的名字》，且我發現，要減少「玫瑰」這個字所衍生一連串永無止境的言外之意實在非常困難。我可能是有意擴大各種閱讀方式的可能性，一直〔51〕到不管是哪一種閱讀方式都變得無關緊要的地步，結果是我製造出大量且避免不了的一連串詮釋。不過文本已經被丟到這個世界上了，經驗作者只好閉嘴。

我將《傅科擺》裡的一個角色命名爲卡素朋時，心裡想的是伊薩克·卡素朋（Isaac Casaubon），他在一六一四年時證明了《赫爾莫斯文集》（*Corpus Hermeticum*）是僞造的。而如果各位看過《傅科擺》就會發現，這位偉大語言學家所了解的事情，與這個角色最後終於了解的事情有點相似。我知道僅有少數讀者可以理解這個暗示，但我也知道，以文本策略來看，這個知識並非不可或缺（我的意思是，讀者可以看我的小說，理解我筆下的卡素朋，而不需要知道歷史上有另一位卡素朋的存在。有些作者喜歡在文本內加入一些獨特的暗語，這一切都是爲了少數老練的讀者著想）。在我完成小說前，我偶然發現喬治．艾略特（George Eliot）的小說《米德爾馬契》（*Middlemarch*）裡也有一位卡素朋。我在數十年前讀過這本小說，但完全忘了有這麼一回事。作爲一個模範作者，我試著減少指涉喬治．艾略特的可能性。在第十章，英譯本裡包含了以下貝爾勃和〔52〕卡素朋的對話。

「對了，請問貴姓？」

「卡素朋。」

「卡素朋。他不是《米德爾馬契》中的一個角色嗎？」

「我不知道。文藝復興時期也有一個同姓的語言學家，不過我們並無親屬關係。」

我盡力想避開我認爲是對瑪麗·安·伊文斯（Mary Ann Evans）[16]的不必要指涉。可是有一位名叫大衛·羅比（David Robey）的聰明讀者，他指出艾略特的卡素朋在寫一本書，標題爲《所有神話的關鍵》（*Key to All Mythologies*）。身爲一個模範讀者，我不得不接受這個聯想。這個文本，再加上如百科全書般的知識，讓有學養的讀者可以找到那個聯想，這完全合理。而如果一個經驗作者沒有他的讀者這麼聰明，就實在是太遺憾了。

依循同樣的脈絡，我之所以會將書名定爲《傅科擺》，是因爲這本小說提及了萊昂·傅科所發明的擺垂。如果這個裝置是班·富蘭克林（Ben Franklin）發明的，標題就會變成《富蘭克林擺》了。這一回，我從一開始就知道一定有人會嗅到關於米榭·傅科（Michel Foucault）的指涉，我的角色們很著迷於類比式推論，而傅科曾寫過論文討論相似性的典範。作爲一個經驗作者，我不樂見有人做這種可能的連結。這聽起來像個笑話，而且還是很低階的那種。不過由萊昂發明的傅科擺卻是我故事中的主要角色，且決定了標題的形式，所以我希望我的模範讀者不要將這書名與米榭做膚淺的連結。結果我錯了，很多聰明的讀者還是這麼做了。或許他們是對的，或許我該爲這個膚淺的玩笑負責，或許那笑話也沒這麼膚淺。但現在，整件事情已經超出我的控制範圍了。

現在來看看另一個例子——雖然我早已忘記當我作爲一個模範讀者並檢視文本時，最原始的意圖是什麼了——我覺得我就跟其他人類一樣，有權力去否決任何似乎並不合理的詮釋方式。

在以熟練的技巧將《玫瑰的名字》翻譯成俄文版之前，譯者海倫娜·柯斯提科維奇（Helena Costiucovich）曾寫了一篇關於這本書的長論文。[17] 她在論文中提到，作家埃米爾·昂里奧（Emil Henriot）[18] 寫過一本書，標題爲《布拉提斯拉瓦的玫瑰》（*La Rose de Bratislava*，1946），書的內容是關於一份神祕手稿的找尋過程，而且在故事結局也有一場發生在圖書館的大火。這個故事的開頭場景是在布拉格，而我的小說開頭也提及布拉格。此外，在我的書中，有個圖書館員名爲貝藍格（Berengar），而昂里奧的小說裡則有 〔54〕

個角色叫貝加德（Berngard）。

我從沒看過昂里奧的小說，也不知道有這本書。我曾看過一些詮釋文章，其中評論家發現了一些我所知道的資料來源，這讓我很高興，因爲他們是這麼機伶而聰明，我巧妙地隱藏在文本中誘引他們去發現的線索，他們竟然發現了。事實上，湯馬斯．曼的《浮士德博士》（*Doctor Faustus*）裡，塞雷奴斯．采特勃羅姆（Serenus Zeitblom）和阿德里安．萊維區恩（Adrian LeverKühn）之間的敘事關係，就是《玫瑰的名字》裡威廉和阿德索之間敘事關係的原型。讀者會告訴我一些我也不知道的資料來源，而我也很高興他們認爲我是因爲夠博學才引用這些資料的（最近有個年輕的中世紀學者告訴我，他在一份六世紀的卡西奧多羅斯〔Cassiodorus〕[19]手稿中，發現他曾提及一位盲眼的圖書館員）。我也看過在一些評論分析中，詮釋者發現我自己在寫作當時也沒有意識到的影響來源，但我確實在年輕時看過這些資料，很清楚的一點是，我應該是在潛意識中受到這些資料的影響。例如，我的朋友喬治．塞里（Giorgio Celli）[20]就說，我早年一定讀過象徵主義作者德米特里．梅列日科夫斯基（Dmitry Merezhkovsky）[21]的小說，而我發現他說的完全沒錯。

身爲《玫瑰的名字》的一般讀者（將我的作者身分擺一邊），我發現海倫娜．柯斯〔55〕提科維奇的論點並沒有什麼引人關注之處。追尋一份神祕手稿以及圖書館的大火，都是文學中常見的題材，我還可以提出更多使用這些題材的其他書籍。我確實在書的開頭提到了布拉格，但就算不是布拉格，而是布達佩斯，也不會有任何改變。布拉格並沒有在整個故事中扮演重要角色。

順道一提，早在蘇聯推動改革前，《玫瑰的名字》被翻譯成某一東歐前共產國家的語言時，那位譯者曾打電話給我，說故事開頭提及俄羅斯入侵捷克斯洛伐克的那一段可能會引發問題。我回答，我不允許我的文本被任意更動，如果他們要審查，那我會收回出版的權利。然後我又開玩笑地說：「我在書的開頭提到布拉格，是因爲布拉格對我來說是個魔幻城市。不過我也很喜歡都柏林，你可以用『都柏林』取代『布拉格』，反正這麼做也不會有什麼差別。」譯者抗議道：「可是俄羅斯沒有入侵過都柏林呀！」我回答，「這可不是我的錯。」

〔56〕 最後一點，「貝藍格」和「貝加德」這兩個名字應該只是巧合。無論如何，模範讀者應該會承認，這四個巧合——手稿，大火，布拉格，貝藍格——是很耐人尋味的。而身爲一個經驗作者，我也沒有權力反駁這論點。儘管如此，我最近偶然入手一本昂里奧作品的法文版，我發現他書裡那個圖書館員的名字並非貝加德，而是貝哈德——貝哈德·馬爾（Bernhard Marr）。柯斯提科維奇的依據大概是出自俄文翻譯版本，譯者拙劣地將名字翻譯成相應的西里爾字母。因此，至少其中一個巧合消除了，而我的模範讀者可以稍稍寬心一些。

不過，柯斯提科維奇還寫了其他段落，以確立我的作品跟昂里奧作品間的相似處。她指出，在昂里奧的小說裡，大家所追求的手稿是卡薩諾瓦（Casanova）的傳記。而在我的小說裡，也有一個角色叫做修·諾卡索（Hugh of Newcastle，義大利文版本是胡戈·達·諾佛卡斯特〔Ugo di Novocastro〕）。柯斯提科維奇的結論是，「唯有透過一個又一個的名字，才能想像玫瑰的名字。」

身爲一個經驗作者，我得說，修·諾卡索並非出自我的虛構，而是我使用的一份中世紀資料的歷史人物。書中有一段描述方濟會派遣的使節和教皇的代表會面，這一段情〔57〕節是實際發生於十四世紀的歷史。不過我無法預期讀者知道這個歷史事件，而我的回應也無法被列入考量。不過我想，我身爲一個一般讀者，也是有權利闡述我的意見。第一點，「諾卡索」不該被翻譯成「卡薩諾瓦」，「卡薩諾瓦」應該被翻譯成「諾豪斯」（New House，以語源學來說，諾維卡斯托這個拉丁姓名意指「新城市」〔New City〕或「新營地」〔New Encampment〕）。因此，若「諾卡索」暗示了「卡薩諾瓦」，那麼依照此邏輯也可以同樣暗示「牛頓」（Newton）。

不過，還是有其他因素可以由文本方面來證明柯斯提科維奇的假設是不合理的。第一點，修．諾卡索在書中只是一個很小的配角，而且跟圖書館沒有半點關係。若文本暗示修和圖書館確實有某種合理的關連（以及他和手稿之間的關連），應該會出現更多相關情節，但是關於這一點文本卻完全沒有提及什麼。第二點，卡薩諾瓦——至少是依據共通的文化觀點以及百科全書上的知識——是個情聖，也是個浪子，但在小說中，卻沒有針對修的品性提出類似的質疑。第三點，沒有確切證據可以證明卡薩諾瓦的手稿和亞

里斯多德的手稿間有任何關連，且小說裡也不認爲遊戲人間是值得稱頌的行爲。我身爲
我自己小說的模範讀者，我想我不得不說：要在書中尋找「卡薩諾瓦連結」，是毫無益 〔58〕
處的。

有一次，在一場討論會中，一位讀者問我以下這段話是什麼意思，「極致的幸福是擁有你所擁有。」我覺得有點困窘，並宣稱我從沒寫過這段話。基於幾個理由，我很肯定我確實沒有寫過。第一，我並不認爲擁有你所擁有的就是一種幸福，就連史努比（Snoopy）都不會認可這種陳腔濫調。第二，一個中世紀的角色是不會認爲擁有他眞正擁有的是一種幸福，因爲在中世紀思想裡，唯有經歷過現在的苦難，才能在未來得到幸福。因此，我再度表明我沒有寫過這段話，跟我對話的人臉上露出一種神情，彷彿認爲我根本不知道自己究竟寫了什麼。

過了一陣子，我偶然看到那句引言。這段話出自《玫瑰的名字》，是形容阿德索在廚房的情色體驗時所用的字句。就算是最愚蠢的讀者也可以輕易猜到，這一段情節所使

用的語言是完全引用《雅歌》（*Song of Songs*）和中世紀神祕主義寫成的。無論如何，即使讀者並不知道引用的來源，也應該看得出來，這幾頁是要形容一個年輕人經歷過他第一次（也可能是最後一次）性經驗後的感覺。若讀者在了解前後情境的狀況下重讀這句話（我的意思是指小說情境，不一定是中世紀相關資料的情境），就會發現這一〔59〕段話，「喔，上主，當心靈沉醉，唯一的德便是愛你所見；極致的幸福是擁有你所擁有。」因此，「極致的幸福是擁有你所擁有」並非一般狀態，也並非人生中每一刻的幸福，純然是狂喜狀態中的幸福。這個案例中，讀者不需要理解經驗作者的意圖也可以做出詮釋，文本的意圖早已昭然若揭。若英文有其約定俗成的意義，文本眞正的意義也和讀者（基於某種特殊的動力）自以爲它所想表達的意義不同。在無法理解的作者意圖和頗具爭議的讀者意圖之間，其實有著清晰可見的文本意圖，文本意圖會否決任何站不住腳的詮釋。

我很喜歡羅伯・弗萊斯納（Robert F. Fleissner）寫的一本很美麗的書，標題是《玫瑰的另一個名字：從莎士比亞到艾可的文學植物意象》（*A Rose by Another Name: A Survey of Literary Flora from Shakespeare to Eco*），我希望當莎士比亞發現他的名字跟我的名字擺在一起時會覺得很驕傲。弗萊斯納討論過我作品中的玫瑰與其他文學作品的玫瑰之間各種連結關係後，他說了一段很有趣的話，他想證明「艾可的玫瑰是來自柯南·道爾的〔60〕《海軍協約》（*Adventure of the Naval Treaty*），而《海軍協約》的玫瑰則是來自於《月光石》（*The Moonstone*）中考夫（Cuff）對玫瑰的熱愛」。[22]

我完全是威爾基·柯林斯（Wilkie Collins）的書迷，不過我不記得（我也肯定我寫小說的時候並不記得）《月光石》裡頭考夫這個角色熱愛玫瑰。我想我看過亞瑟·柯南·道爾的所有作品，但是我得懺悔，我並不記得《海軍協約》的內容。然而這一點也沒有妨礙，在我的小說裡，有成堆和夏洛克·福爾摩斯相關的指涉，多到文本可以支持這個連結關係。雖然我對這詮釋毫無偏見，但我想，弗萊斯納試圖證明我的威廉和福爾摩斯對玫瑰的熱愛有著什麼共鳴時，是有點過度詮釋了，他引用我小說裡的一段話，「『歐洲鼠李，』威廉彎下腰去觀察一株植物，在蕭瑟冬日裡，他一眼就認出了那灌木叢，『樹皮製成藥水。』」

我很好奇，爲什麼弗萊斯納的引言只到這裡爲止。事實上在後面還有一句話，「可治療痔瘡。」老實說，我不認爲模範讀者會把「歐洲鼠李」當作玫瑰的暗示。

吉蘇埃．穆斯卡（Giosue Musca）曾寫過一篇有關《傅科擺》的評論文，我想那是我看過寫得最好的評論文章之一。[23]不過，在文章開頭，他也承認自己沉迷於尋找我的 〔61〕
角色和其他作品角色的相似處，因而到處尋找關連性。他以熟練的技巧指出那些我希望讀者發現的，肉眼不可見的引言，以及風格體裁的相似處。他也找到一些我並不知道但聽來非常有說服力的關連性，他還以近乎偏執的讀者角度指出了一些讓我驚訝，卻又不得不承認的關連性，即使我知道這很可能會誤導讀者。例如，電腦的名字阿布拉非亞（Abulafia），加上三個角色的名字貝爾勃、卡素朋，和狄歐塔列弗（Diotallevi），字首字母分別是ABCD。若我說直到我完成手稿前，電腦的名字都不是阿布拉非亞，我想應該是沒什麼意義。讀者可以反駁，說我是在無意識中將電腦的名字改成阿布拉非亞，只是因為我想做出連續的字母序列。傑可波．貝爾勃喜歡威士忌，而古怪的是，他的名字和姓氏首字母也正好是J和B。我可以告訴大家，其實在我整個寫作過程中，貝爾勃的名字都不是傑可波，而是史蒂法諾（Stefano），我是在最後一刻才把名字改成傑可波的。不過這也沒有什麼意義。我確實暗示了J＆B威士忌。

身為一個模範讀者，我唯一能提出反駁的地方是：第一，如果其他角色的名字沒有辦法排列出XYZ等序列，那麼ABCD的字母序列就不具有任何文本上的意義。第二，貝爾勃也喝馬丁尼，況且，他那輕微的酒精中毒不是他角色性格裡最重要的特徵。

相反地，當讀者指出，我一直都很喜歡的一位作者切薩雷．帕維澤（Cesare Pavese）[24]是出生於一個名為聖史蒂法諾貝爾勃（Santo Stefano Belbo）的村落，而我那憂鬱的皮德蒙特人貝爾勃則記得帕維澤的一些事情時，我可就完全沒有爭論的餘地。事實上（雖然我的模範讀者應該不會知道這件事），我小的時候曾經住在貝爾勃河畔，我將自己在那裡經歷過的一些苦難轉為貝爾勃的經驗。因為這些事件都發生在我知道切薩雷．帕維澤之前，所以我將原來的名字史蒂法諾換成傑可波，為了避免跟帕維澤產生明顯的連結。

但這麼做並不夠，讀者還是準確地找出帕維澤與傑可波．貝爾勃的關連。就算我給貝爾勃取了其他名字，我想讀者還是找得到這個關連吧。

我還可以提出更多案例，但我在這裡只選擇那些能馬上理解的例子。我之所以跳過那些比較複雜的案例，是因爲我不想在這裡更深入討論哲學和美學詮釋。我希望各位能認同，我將經驗作者引介入這個遊戲規則內，是爲了強調他的毫無關連性，以及再度重〔63〕中文本的權利。

然而，當我接近結論時，我覺得我對待經驗作者其實沒有那麼寬宏大量。但至少有一個例子，可以證明經驗作者也是有其重要功能的，這功能並非在於促進他的讀者更理解文本，不過肯定能幫助他們了解不可預測的創作過程。了解創作過程，就可以了解爲什麼有些文本的詮釋是出自意外的發現，或是潛意識機制運作的結果。這幫助我們了解文本的策略——模範讀者所面對的語言對象，讓他們得以不受經驗作者的影響，做出獨立的判斷——和文本中故事進展之間的差異。

我所提供的幾個案例可以由這個方向來運作。請容我再加入兩個奇特的案例，這兩個案例都有一些特殊之處，在這些案例中，詮釋者只在意我的個人生活，而沒有提出任何得以信服的文本內相對事物。這些案例與詮釋毫無關連，只是顯示了，作爲引發詮釋〔64〕的裝置的文本，有時候也是會從與文學作品無關的深層岩漿內發展出來。

來說第一個故事。在《傅科擺》中，年輕的卡素朋愛上了名爲安柔（Amparo）的巴西女孩。雖然是有點半開玩笑的方式，但吉蘇埃．穆斯卡發現這個名字跟物理學家安德烈．馬里．安培（André-Marie Ampère）的關連，安培正是研究電流間磁力的科學家。太聰明了，我不知道我爲什麼會選擇那個名字。我知道這不是個巴西名字，所以我決定（在第二十三章）寫道，「我從不了解安柔——與印第安人和蘇丹黑人通婚之荷蘭移民的一個後裔，以她那張牙買加臉孔和她的巴黎文化背景——何以會有一個西班牙名字。」換句話說，我選擇「安柔」，就好像這名字是來自小說的外部。

這本書出版幾個月後，我有個朋友問我，「爲什麼要用『安柔』？這不是一座山的名字？還是看著一座山的女孩的名字？」他接著解釋，「有首歌叫做『關達拉美拉』

（Guajira Guantanamera），歌詞好像就提到了安柔什麼的。」喔老天，我很熟那首歌，雖然我連一句歌詞都不記得。在一九五〇年代中期，我當時喜歡的女孩曾經唱過這首歌。她是拉丁美洲人，長得非常漂亮。她不像安柔是巴西人，是馬克斯主義者，是黑人，且〔65〕歇斯底里。不過很清楚的一點是，當我在構想一個有魅力的拉丁美洲女孩時，我潛意識裡想起的形象是我在卡素朋這個年紀時認識的人。我想起那首歌，而我雖然完全忘記「安柔」這個名字，卻悄悄從我的潛意識轉移到小說頁面上。這個故事跟文本的詮釋毫無關連，至於就文本而言，安柔是安柔是安柔是安柔。

接下來是第二個故事。看過《玫瑰的名字》的人都知道，這個故事是跟一份神祕的手稿有關，這份失落的手稿就是亞里斯多德《詩學》的第二章，手稿被人抹上毒藥，而閱讀這份手稿的場景（在「第七天，夜」那一章）是這樣的，「他大聲朗讀完第一頁就停了，似乎不打算知道更多，匆匆往後翻，可是翻了幾頁之後就遇到困難，因爲書頁的頁緣上方和書口裁切處都黏住了，那是書本受潮損壞後會遇到的問題，紙質會產生一種有黏性的麩膠。」

我是在一九七九年末寫下這一段話的。接下來幾年，有可能因爲我出版了《玫瑰的名字》的關係，我開始更頻繁地跟圖書館員以及藏書人接觸（這肯定也是因爲我有比較〔99〕多閒錢），我變成一個稀有書籍的收藏家。在我這一生中，我也曾經買過幾次舊書，但我之所以會把書買下來都是出於機緣，以及那個時候剛好書很便宜。不過，過去這二十五年來，我變成了很認眞的藏書人。所謂「認眞」，是指我必須諮詢專業目錄，替每一本書做專門檔案，包括製作書目，前後不同版本的歷史資料，以及手中持有版本外在樣貌的具體描述。最後一樣需要使用專業術語，必須詳細說明這本書是否變色，褐化，浸水，或髒污，書頁是否刷白或脆化，邊緣是否裁切過，內容是否被刪減，是否重新裝訂，是否使用接縫膠……等等。

有一天，我在自己圖書室上層書架翻找書籍時，看到一本亞里斯多德的《詩學》，這個版本是由安東尼歐．利可波尼（Antonio Riccoboni）[25]一五八七年時於帕度瓦（Padua）做的註解。我完全忘了我有這本書。在這本書最後一頁，我用鉛筆寫上一千這個數字，表示我是用一千里拉（約相當於現在的七十美分）買下這本書的，購買時間大

約是一九五〇年代。我的目錄告訴我，這是第二版，不算太稀有，且大英博物館內有這
個版本。不過我還是很高興可以買到這本書，因爲這個版本並不好找，無論如何，利可 〔67〕
波尼註解的版本不僅少爲人知，也少有人引用，不像羅伯泰羅（Robortello）[26]或卡斯泰
爾韋特羅（Castelvetro）[27]的版本那麼受歡迎。

所以我開始描述這本書的外貌。我把書名頁複印下來，然後發現這個版本中有一個附錄，標題就是「亞里斯多德的喜劇藝術」（Ejusdem Ars Comica ex Aristotele），利可波尼宣稱他要在這一章節內重現亞里斯多德那份失落的喜劇章節。很顯然地，利可波尼想重建《詩學》裡失落的第二章。不過，這並不是什麼少見的企圖，所以我繼續寫書籍外貌的描述。接著，我感受到跟札賽斯基（Zasetzsky）同樣的經驗，就跟蘇聯神經心理學家魯利亞（A.R. Luria）描述的一樣。[28]札賽斯基在第二次世界大戰時失去了他部分的大腦，同時也失去所有記憶和語言能力，不過他還是可以寫作。他的手會自動寫下他想不起來的所有訊息，然後藉由閱讀他自己寫下的東西，一步一步重建自己的人格。

我就跟他一樣，用一種不帶感情且專業的目光看著這本書，描述這本書的外貌，我

卻突然了解，我其實在重寫《玫瑰的名字》。唯一不同的是，在第一二〇頁之後，亦即「喜劇藝術」這一章節開始的地方，是頁面下方出現嚴重的毀損，而非上方，不過其他細節幾乎是一模一樣。這本書的書頁有漸層的褐化，且因潮濕而出現污跡，有幾頁的邊〔89〕緣黏在一起，看起來好像抹上一種噁心的黏稠物質一樣。

我現在手裡拿著的書，正是我小說裡所描述的那份手稿的印刷版本。過去這麼多年來，這本書一直都在我手裡，就擺在我家裡的書架上。

這不是什麼非常奇特的巧合，也不是什麼奇蹟。我年輕的時候買了這本書，稍微瀏覽過後，知道這本書有嚴重污損，我就把書給收起來，然後忘了這件事。不過我用了某種內在的照相機，將那些書頁記憶下來。過去數十年來，這些被毒藥污染的書頁就留存於我靈魂最深處，像被藏在某個墓地裡一樣，直到有一天浮現出來——我也不知道爲什麼——而我還相信是我自己創造了這本書。

這個故事就跟第一個故事一樣，和《玫瑰的名字》的可能詮釋方式毫無關係。寓意是（如果有的話），在某種程度上，經驗作者的個人生活可能要比文本本身更深不可測。在文本創作的神祕過程與無法控制的文本閱讀趨向之間，文本與文本的對照還算是比較令人舒適的詮釋方式，也是我們能快速掌握的一個重點。

第三章

文學角色評論

為什麼大家知道有數百萬真實存在的人（其中有許多是孩童）正遭受飢荒之苦，都僅是感到些微不適，卻在看到安娜·卡列尼娜的死亡時感受到個人強烈的痛苦？我們為什麼能深深體會一個不存在的人的憂傷？

（唐吉訶德）整天埋頭看騎士小說，夜夜秉燭達旦，白天看到黃昏，廢寢忘食，〔69〕勞心傷神，最後，終於失去了神智。他頭腦中裝的全都是書中讀到的怪事，什麼著魔中邪呀，打鬧鬥毆呀，決鬥比武呀，傷殘呀，打情罵俏呀，談情說愛呀等等。在他看來，這一個個胡亂編織的故事都是千眞萬確的，是世界上最眞實的信史。他常說，熙德．魯伊．地亞斯是個非常優秀的騎士，但比不上火劍騎士。火劍騎士反手一劍，便將兩個窮兇惡極、碩大無朋的巨人劈成兩半。他特別喜愛貝爾納多．德爾．卡比奧，因爲他仿效赫拉克利斯用雙臂扼殺地神的兒子安泰的方法，在隆薩斯巴列斯殺死已著了魔的羅蘭。[1]

——塞萬提斯，《唐吉訶德》，約翰．奧姆斯比（John Ormsby）翻譯

《玫瑰的名字》出版後，有很多讀者寫信告訴我，他們發現並造訪了我小說中作爲背景的那座修道院。還有一些讀者要求我多給他們一些資訊，以便更了解我在小說開頭時提及的那份手稿。在小說開頭，我也提及我在布宜諾斯艾利斯的一家古書店找到一份〔70〕阿納塔斯．珂雪（Athanasius Kircher）[2]的手稿。最近——也就是我出版這本小說的三十

年後——有個德國人寫了封信告訴我，他在一家位於布宜諾斯艾利斯的舊書店發現一本珂雪的書，他想，這該不會碰巧就是我在小說中提到的同一家店跟同一本書吧。

不用說，那座修道院的格局和所在地點都是出自我的虛構（雖然有些細節的靈感確實來自幾個實際存在的建築）。在一本虛構文學作品的開頭，描寫某個角色找到了一份古老的手稿，是一個傳統的文學主題，因此我將這個開頭章節的標題定爲「想當然耳，一份手稿」，還有珂雪的神祕手稿以及那個更神祕的舊書店都是我虛構的。

現在看來，那些想尋找眞實存在的修道院和手稿的人，很可能都是些不熟悉文學傳統的讀者，他們看了電影之後，又偶然地讀了我的小說。不過我前面提及的那位德國人是個博學的讀者，他有造訪珍本書交易商的習慣，且顯然了解珂雪的作品，他很熟悉書籍跟印刷材質。因此，不論文化地位和背景，看來有很多讀者都變得無法分辨虛構和眞〔71〕實的差異。他們很認眞看待虛構角色，彷彿這些角色是眞實存在的人一樣。

《傅科擺》中有另一個關於虛構和眞實的區別（或缺乏區別）的評論。傑可波．貝爾勃參加過一場如夢似幻的煉金儀式後，試圖用諷刺的方式替這些參加儀式的崇拜者提出辯解。他觀察道，「但是問題並不在於這裡的這些人是否比到神殿去的基督徒好還是壞。我剛才自問：我們算什麼呢？我們這些認爲哈姆雷特比我們的清潔人員更眞實的人？我眞的有任何權力評斷嗎？不斷地搜尋我自己的包法利夫人好製造出大場面的我？」[3]

為安娜．卡列尼娜流淚

一八六〇年，在參與穿越地中海，並跟隨加里波底（Garibaldi）前往西西里島探險之前，大仲馬（Alexandre Dumas）在馬賽做了短暫停留，並造訪伊夫堡（Château d'If）。伊夫堡正是他的主角艾德蒙．鄧迪斯（Edmond Dantès）在成爲基督山伯爵前，曾被囚禁了十四年的地方，他還受到同室的獄友法利亞神父（abbé Faria）的教導。[4] 在大仲馬造訪期間，他發現每個訪客都會被帶去看基督山伯爵「眞正」待過的牢房，而嚮導們常常用一種這些人是眞實存在的語氣，談起鄧迪斯、法利亞，和小說中的其他人物。[5] 相對地，這些嚮導們從來沒提起眞的被關在伊夫堡的幾個重要歷史人物，例如奧諾雷・米拉〔72〕波（Honoré Mirabeau）。[6]

因此，大仲馬在他的回憶錄中如此評論，「小說家有一種優勢，他所創造的角色足以殺死歷史學家筆下的人物。這是因爲，歷史學家所召喚的只是幽魂，而小說家創造的是有血有肉的人。」[7]

有一次，我的朋友催促我開一場座談會，主題如下：如果我們都知道安娜・卡列尼娜並非眞實存在的人物，我們爲什麼還會爲她遭受的苦難流淚？或不管如何，我們還會被她的不幸所觸動？

很多受過高等教育的讀者雖然不會爲了郝思嘉（Scarlet O'Hara）流淚，卻可能會被安娜・卡列尼娜的命運震懾。然而，我曾經看過一些高階知識份子看到《大鼻子情聖》（*Cyrano de Bergerac*）的結局時流淚。這不是什麼令人驚訝的事實，因爲當戲劇的策略是要引人落淚，不管觀眾是屬於怎麼樣的文化層次，劇情都會使他們哭泣。這不是什麼美學的問題，偉大的藝術作品不見得會引發這種情緒反應，很多糟糕電影和廉價小說卻〔73〕

往往可以達到這個目的。[8] 讓我們想想包法利夫人，這位角色的命運也曾讓無數讀者流淚，但她自己也常常在看愛情故事時大哭特哭。

我很堅決地告訴我朋友，這個現象與本體論和邏輯沒有任何關係，只可能引起心理學家的興趣。我們可以認同虛構角色和他們的行爲，因爲根據敘事的安排，我們會開始進入故事中可能存在的世界，並把這個世界當作我們生活的眞實世界。但是這種現象並不僅限於我們閱讀小說時。

我們很多人都曾想像過摯愛之人的死亡，即使不至於流淚，情緒也會深深受到影響。雖然我們都知道這不過是想像，並不是眞實發生的事。這種認同和投射的現象非常普遍，而且（我再度強調）是屬於心理學家的範疇。既然有所謂錯視的現象，亦即我們雖然知道兩個物體的大小其實是一樣的，還是有其中一個看起來比較大，那爲什麼我們不會有情緒上的錯覺？[9]

我也試著向我的朋友說明，一個虛構角色之所以能使讀者哭泣，不只取決於這個角色的特質，也在於讀者的文化習慣，或者在於讀者的文化期待和敘事策略之間。在十九世紀，讀者會爲了歐仁・蘇（Eugène Sue）[10]筆下的芙洛兒・德・瑪麗（Fleur de Marie）流淚，甚至啜泣，但是現在，我們卻對這位貧窮女孩的不幸無動於衷。相反地，數十年前有許多人都爲艾瑞克・席格爾（Erich Segal）[11]的《愛的故事》（*Love Story*）中珍妮（Jenny）的命運感動，不論小說或電影都是如此。

最終我明白，我還是無法輕易打發掉這個問題。我得承認，想像摯愛之人死去而哭泣，跟爲安娜・卡列尼娜的死亡而哭泣，是有差別的。在上述兩個情境中，我們確實都把可能存在的世界中發生的事件視爲理所當然。在第一個情境中，那是我們想像的世界，第二個情境則是托爾斯泰所創造的世界。如果有人問我們，我們摯愛之人是否眞的過世了，我們可以寬慰地說這不是眞的，這是類似我們從惡夢中醒來鬆一口氣般的情緒。但若有人問我們，安娜・卡列尼娜是否眞的過世了，我們只能回答是的，因爲在所有可能存在的世界裡，安娜都自殺了。

然而，當我們在看愛情故事時，我們會想像自己被摯愛之人拋棄而難受，有些眞的曾被拋棄過的人甚至會自殺。但如果是我們的朋友被摯愛之人拋棄，我們卻不會覺得這麼難過。當然我們會同情他們，可是我從沒聽過有人會因爲朋友被拋棄而自殺的。歌德出版了《少年維特的煩惱》（*Die Leiden des jungen Werthers*），在書中，維特爲了他無疾而終的戀情而自殺，有很多懷抱浪漫情懷的年輕讀者也自殺了，這似乎是件很奇妙的事情。這個現象被稱爲「維特效應」。爲什麼大家知道有數百萬眞實存在的人（其中有許多是孩童）正遭受飢荒之苦，都僅是感到些微不適，卻在看到安娜．卡列尼娜的死亡時感受到個人強烈的痛苦？我們爲什麼能深深體會一個不存在的人的憂傷？

本體論對符號學

但我們眞能確定虛構角色就不是某種存在嗎？讓我用「實際存在的客體」（physically existing object）這個名詞，來指稱目前存在的事物（例如你和月亮和亞特蘭大），以及過去曾經存在的事物（例如儒略．凱撒或是哥倫布的船）。當然，沒有人會〔76〕說虛構人物是實際存在的客體，不過這並不表示他們就不是一種客體。

我們可以使用亞歷克修斯・邁農（Alexius Meinong）[12]所發展出的本體論來說明，該理論認爲，任何一種再現或判斷都必須相應於某一客體，而這個客體並不一定要是實際存在的事物。客體是具有某些屬性的事物，但存在並非客體一定要具備的屬性。在邁農提出其理論的七世紀之前，哲學家阿維森納（Avicenna）說，存在只是某種要素或物質偶然具有的屬性（accidens adveniens quidditati）。以此來看，有所謂抽象的客體——就像數字十七和直角，它們並不是實際上存在，只是「固存」（subsist）——和具體的客體，就像我和安娜・卡列尼娜的區別是：我是實際存在的客體，安娜不是。

我先說清楚一件事，我並不想在這裡討論虛構角色的本體性。若客體要成爲一個具有本體反思能力的主體，這個客體必須要被認定是獨立於其他心智的存在，就像直角一樣，很多數學家跟哲學家都認爲直角是某種柏拉圖式實體——意指「直角是九十度」這個定論，即使在人類物種毀滅了也仍是眞實，即使是來自外太空的外星人也會接受這個〔77〕說法是眞實的。

相反地，安娜・卡列尼娜自殺這個事實之所以存在，則是取決於許多現存讀者的文化能力。這個事實已經由許多書籍認可了，但如果人類和所有書籍都從這星球上消失，這個事實就會被遺忘。一種可能的反對意見是，唯有同樣具有歐幾里德幾何學概念的外星人，才會接受直角是九十度的主張，而若外星人可以取得至少一本托爾斯泰的小說，有關安娜．卡列尼娜的所有事實都還會是眞實。不過，我並不想在這裡採用柏拉圖式數學實體本質的立場，我也不知道外星人的幾何學和比較文學概念是什麼。無論如何，讓我假設，即使人類消失了，畢氏定理也可能還是眞實，然而，若要證明安娜．卡列尼娜確實是某種存在，那肯定需要某個近似人類思考模式的方式，來把托爾斯泰的文本轉化爲心理現象。

我只知道一件事，那就是很多人在看到最後安娜．卡列尼娜自殺的情節時會受到感動，但很少有人在知道直角是九十度時覺得震驚或悲傷。既然我思考的主題是人爲什麼〔78〕會被虛構角色觸動，我就無法做一個本體論觀點的假設。我不得不認爲安娜．卡列尼娜是個具有獨立思考和認知能力的客體。換句話說（我會在以下更清楚地說明我的想法），我的分析方法並非本體論式，而是符號學式的。也就是說，我關注的地方在於：

對一個具有充足能力的讀者來說，什麼樣的內容可以相應於「安娜・卡列尼娜」這個措辭，尤其是這些讀者理所當然地認爲安娜不是，也從來就不是個實際存在的客體。[13]

此外，我正在探討的問題是：一般讀者是如何將「安娜・卡列尼娜自殺」這個宣稱當作是眞實，即使他或她很肯定地知道安娜並非實際存在的客體？我的問題並非「虛構角色存活於宇宙哪一個區域」？而是「我們是如何談論這些虛構角色，就像他們存活於宇宙的某一個區域」？

要回答以上這些問題（若有可能的話），我想重新思考一下有關虛構角色的一些顯著特質和他們所存活的世界，是很有益處的。

不完整的可能存在世界和完整的角色

虛構文本的定義是，其內容是在描述不存在的人物和事件（正因爲這個定義，虛 〔79〕
構文本也要求讀者暫時擱置他們的懷疑）。因此，由眞值條件語義學（truth-conditional

semantics）的觀點來看，虛構的說法所說的永遠是與事實相反的事情。

然而，我們並不認爲虛構的說法是謊言。第一點，當我們在閱讀一個虛構文本時，就與作者達成不言自明的共識，作者「假裝」他或她所寫的一切都是眞實，且要求我們讀者也「假裝」認眞看待書的內容。[14]藉由這種作法，所有小說家都創造出一個可能存在的世界，而我們對眞假的判斷則是與這個可能存在的世界相關。因此，夏洛克·福爾摩斯住在貝克街，是虛構方面的眞實，而福爾摩斯住在匙河畔，則是虛構方面的錯誤。

虛構文本所設定的世界並不見得就跟我們居住的世界完全不同，即使這個文本是童話故事或是科幻故事。就算是上述兩種文類，若作者提到樹林，我們可以理解這裡所說的樹林或多或少跟眞實世界的樹林有相似之處，亦即樹林是由植物組成，而非由礦物組成等等。若剛好有個文本，裡頭世界的樹林包含礦物組成的樹，有關「礦物」和「樹」的概念應該還是跟我們眞實世界的概念一樣。

通常一部小說會選擇採用我們日常生活的世界作爲其背景，至少就主要特徵來說是如此。雷克斯·史陶特（Rex Stout）[15]的故事要求讀者相信下列事實：尼洛·伍爾夫 〔80〕

（Nero Wolfe），阿奇·古德溫（Archie Goodwin），索爾·潘薩（Saul Panzer）和克拉莫警官（Inspector Cramer）眞的住在紐約市，雖然紐約市居民登記紀錄中並沒有這些人的名字。不過其餘的事件都發生在一個很像我們眞實世界的紐約市裡，因此如果故事中出現阿奇·古德溫突然要去中央公園爬艾菲爾鐵塔的劇情，讀者一定會覺得很困惑。虛構世界並不僅是一個「可能存在的世界」，也是一個「小小的世界」，也就是「發生在眞實世界的某個角落或地區，相對來說較短期的當地事件」。[16]

一個虛構的世界，是不完整且非全面的狀態。[17]在眞實世界裡，如果「約翰住在巴黎」這句話爲眞，那麼約翰住在法國首都，住在米蘭以北和斯德哥爾摩以南也都爲眞。上述這一連串的必要條件並無法支持我們相信可能存在的世界——亦即「信念的」（doxastic）世界。如果約翰知道湯姆住在巴黎，這並不表示約翰理解湯姆住在米蘭以北，因爲約翰可能嚴重缺乏地理常識。[18]虛構的世界就像信念的世界一樣不完整，但兩者呈現的方式不同。

例如，在弗雷德利克·普爾（Frederik Pohl）和西里爾·康布魯斯（Cyril M.

Kornbkuth）的小說《太空商侯》（*The Space Merchants*）的開頭，我們看到這麼一段，〔81〕

「我將有脫毛藥效的肥皂抹在臉上，接著用水龍頭裡流出的淡水洗去肥皂的痕跡。」[19]

如果是在眞實世界，在這一句話裡使用「淡水」這個字會顯得有些多餘，因爲水龍頭裡流出的水通常都是淡水。不過我們會猜想，既然這句話是用來形容一個虛構世界，那麼這應該是在提供我們一個間接的訊息，那就是，在某個世界裡，水槽裡的兩個水龍頭應該有一個會流出淡水，另一個則流出鹹水（而在我們的世界裡，一邊是熱水，另一邊是冷水）。就算在這之後沒有出現更進一步的資訊，讀者也會自行推斷這是一個科幻的虛構世界，在這個世界裡可能有缺乏淡水的問題。在缺乏更多資訊的狀況下，我們一定會認爲這裡所說的淡水和鹹水都是普通的 H_2O。從這方面來看，虛構的世界似乎是「寄生」在眞實的世界之上。[20]一個可能存在的虛構世界跟我們所謂的眞實世界即爲相似，除了文本中提出的某些顯著差異。

在《冬天的故事》（*The Winter's Tale*）裡，莎士比亞說，第三幕的第三場景是在一個叫「波西米亞」（Bohemia）的地方，那是一個靠海的沙漠國家。我們都知道波西米亞不靠海，就像瑞士沒有所謂的海邊度假小屋，可是我們對於「波西米亞」靠海這件事情毫不在意——畢竟這是莎士比亞劇本裡可能存在的世界。由於對虛構的共識以及自願擱置懷疑，我們將虛構世界中的差異視爲眞實。[21] 〔82〕

有人說，虛構角色是「有欠缺的」（underdetermined）——也就是說，我們只知道這些角色部分的屬性——而眞實存在的個人是「完整無缺的」，我們應該能預先知道他們各自的已知屬性。[22]或許從本體論觀點來看，這是眞的，但若是從認識論觀點來看，則正好相反，沒有人可以確認某個人或是某一族群所擁有的全部屬性，因爲可能其範圍無限寬廣，然而一個虛構角色的屬性卻被敘事文本嚴密地限制住，只有文本所提及的屬性才能算是該角色的身分特質。

事實上，比起我父親，我更了解利奧波德．布盧姆是個什麼樣的人。誰能告訴我，發生在我父親人生的事件有多少是我所不知道的，我父親從未說出口的想法又有多少，還有多少次他隱藏了內心的傷痛、困窘和軟弱？他現在已經過世了，我永遠也不可能了解他的祕密，以及他存在的基本面向。就像大仲馬所說的那些歷史學家一樣，我一再思索親密之人的幽魂，卻徒勞無功，因爲我已永遠失去他了。相反地，我知道所有關於利奧波德．布盧姆的事情——每次重讀《尤利西斯》（*Ulysses*），我就會發現更多有關他〔83〕的不同面向。

在處理歷史事實時，歷史學家們可以花上幾世紀時間討論某些資訊到底是不是有重要關係。例如，知道拿破崙在滑鐵盧戰役前吃了些什麼，對研究拿破論的歷史而言是重要資訊嗎？很多傳記作家都會覺得這種細節無關緊要。然而，還是有一些歷史學家認爲，食物會對一個人的行爲產生決定性影響。所以，若有文件可以證明這些關於拿破崙的細節資料，對他們的研究就有極大的重要性。

相反地，虛構的文本會很準確地告訴我們，什麼樣的細節對於詮釋故事和角色的心理狀態是重要的，而哪些是次要的資訊。

在《紅與黑》（*The Red and the Black*）第二部結尾的第三十五章，斯湯達爾（Stendhal）詳述于連．索海爾（Julien Sorel）如何在韋里埃（Verrières）的教堂殺害雷納爾夫人（Madame de Rênal）。于連的手在顫抖，接著他做了決定，「這時候，那做彌撒的年輕神父搖鈴發出『供奉聖體』的信號。雷納爾夫人低下頭，有一陣子她的頭幾乎完全被披肩縐褶遮住。于連再也看不清她的身影。他向她開了一槍，卻沒有擊中，他開了第二槍，她倒下了。」[23]

在下一頁，我們知道雷納爾夫人並未受到致命傷。第一發子彈打穿了她的帽子，第〔84〕二發子彈擊中她的肩膀。有趣的一點是，斯湯達爾詳盡說明了第二發子彈的落點，子彈在撞到肩胛骨之後彈跳出來，擊中一根哥德式柱子，把一塊巨大的石頭打成碎片，這一點激起了許多評論家的好奇心。[24]雖然他詳細描述了第二發子彈的彈道，卻並未對第一發子彈提出任何說明。

大家都在猜想，于連的第一發子彈究竟到哪兒去了。也難怪斯湯達爾的粉絲們會試圖尋找那座教堂的地點，搜尋子彈的蹤跡（例如另一根柱子上石頭的碎片是不是不見了）。同樣地，很多詹姆斯．喬伊斯的粉絲也會群聚於都柏林，尋找布盧姆買下檸檬肥皂的那間藥房。那間藥房是眞的存在的，或至少一九六五年時還存在，因爲我就在那裡買了相同的檸檬肥皂。不過，或許因爲有喬伊斯的粉絲慕名而來，藥劑師爲了取悅那些旅客，而製作出這項產品。

現在讓我們假設，有位評論家想以那枚失蹤的子彈爲出發點來詮釋斯湯達爾的作品。還有比這更瘋狂的評論呢！既然文本並沒有把第一發子彈當作重點（事實上，幾〔85〕乎沒有提到第一發子彈的事情），我們有足夠的理由認爲這種詮釋方式是牽強附會。虛構的文本不僅告訴我們，在其敘事世界中哪些事物是眞哪些是假，也告訴我們什麼是重要的，而什麼可以被認爲是無關緊要的。

這就是爲什麼我們會認爲自己處於某個位置，並能夠對虛構角色做出毋庸置疑的判斷。于連．索海爾的第一發子彈沒有擊中目標，是絕對的眞實，就像米老鼠是米妮的男朋友一樣，也是絕對的眞實。

虛構說法與歷史斷言

一個虛構的說法，例如「安娜．卡列尼娜臥軌自殺」，是不是跟一個歷史斷言，例如「希特勒自殺後，屍體在一個柏林的燃料庫裡被燒毀」同樣眞實？我們的直覺反應是，有關安娜的描述是虛構的，而有關希特勒的事情則是實際發生的事件。

因此，我們以眞值條件語義學的術語來修正，我們應該說，「安娜・卡列尼娜臥軌自殺是眞實的」只是「托爾斯泰的小說宣稱安娜・卡列尼娜臥軌自殺，這句話在這個世界是眞實的」的另一種表達方式。

若是如此，以邏輯的術語來說，有關安娜的陳述是眞實的「從言模態」（de 〔86〕 dicto），而非眞實的「從實模態」（de re），從符號學的觀點來看，該宣言與表達層面（plane of expression）有關，而非與內容層面（plane of content）有關。或者，依照費迪南・德・索緒爾（Ferdinand de Saussure）的術語，這是屬於意符（signifier）的層次，而非意指（signified）的層次。

我們可以對虛構角色做出實際陳述，因爲文本確實記錄下他們身上所發生的事，而文本就像一本樂譜一樣。「安娜・卡列尼娜臥軌自殺」就跟貝多芬的第五號交響曲是C小調（不像第六號交響曲一樣是F大調），且開頭的樂句是「Sol，Sol，Sol，降Mi」一樣是眞實的。

讓我把這種對於虛構角色描述的思考方式稱爲「樂譜導向法」（score-oriented approach）。但是，由讀者的角度來看，光用這個切入角度依然不太足夠。先不討論閱讀樂譜本身就是一個複雜的詮釋過程，以及這個事實可能引發的種種問題，我們可以說，樂譜是告訴我們某段樂音如何組成的一種符號裝置。唯有當我們將一連串書寫的符號轉變成樂音時，聽眾才能開始享受貝多芬的第五號交響曲。（甚至當一位熟練的音樂家沉默地閱讀樂譜時也是如此。事實上，他是在腦內製造出樂音。）當我們說：「托爾斯泰的小說描寫安娜．卡列尼娜臥軌自殺，這句話在這個世界是眞實的。」意思就是說，某幾頁書頁記載了一連串的書寫文字，當讀者唸出文字內容時（即使只在腦海裡唸出來），這些內容會幫助讀者理解，安娜和佛倫斯基（Vronsky）等人就存在一個敘事的世界裡，在這個世界中，以上這句話是眞實的。

不過，當我們談論起安娜和佛倫斯基時，我們通常不會想到記載了他們高潮迭起一生的文本。我們談論著他們，就像他們是眞實存在的人物一樣。

〔87〕

聖經開頭的第一句話是「起初……」（Bareshit……），（在這個世界上）這是眞實的。不過，當我們在談論該隱（Cain）殺了他的兄弟，亞伯拉罕（Abraham）差點要犧牲他的兒子時——通常我們都試著用道德或神祕主義觀點去解釋這些事件——我們不會想到原始的希伯來文符號（百分之九十的聖經讀者應該都不熟悉這些符號）。我們討論的是聖經的內容，而非聖經的表述形式。我們都知道該隱殺了亞伯（Abel），那是因爲聖經文本上如此記載，這件事是眞的。有些無實體的客體，例如「社會客體」（social objects）是存在的，因爲他們可以被文件紀錄所證明，這件事也是眞實的。但我們得要注意下列幾件事情，第一，有時候，虛構人物在被文字記錄下來之前就存在了（例如神話或傳奇人物）。第二，很多虛構人物成功脫離記錄下他們的文本，並存活下來。

〔88〕

事實上，（我想）沒有人會否定一件事，那就是亞道夫．希特勒和安娜．卡列尼娜是兩種不同的實體，也各自有不同的本體狀態。我不是某美國學術機構用貶抑的語氣所稱呼的「墨守原文主義者」（textualist）——這些人（如同一些解構主義者）相信，沒有所謂的事實，只有詮釋，也就是說，只有文本。我以皮爾斯的符號學爲基礎發展出詮釋的理論，我認爲，爲了執行任何一種詮釋，必須有一些可供解釋的事實。[25]我接受一件事，那就是在確實存在的文本（就像你現在正在閱讀的這本實體書）和不僅只是文本（就像你正在閱讀這一本書這個事實）之間，是有差異的，我深深相信希特勒是實際存在的人（至少在可信賴的歷史學家找出相反的證據，證明他是華納．馮．布朗［Wernher von Braun］[26]製造的機器人之前，我都會這麼相信），而安娜只是由人的腦子創造出來，就像有些人會說的，是個「人造產物」。[27]

無論如何，不僅是虛構說法，歷史斷言也是一種從言模態。學生寫道希特勒死於柏林的一個燃料庫，只是說明了，根據他們的歷史教科書，這是眞實的。換句話說，除了根據我個人直接經驗所做的判斷以外（例如「下雨了」），所有基於我的文化經驗所做的判斷（像是所有記錄在百科全書上的相關資訊——恐龍存活於侏羅紀，尼祿［Nero］精神錯亂，硫酸的化學方程式是 H_2SO_4）都是根據文本的資訊。這些雖然是看似「事實上」（de facto）的眞實，但其實只是從言模態的眞實而已。

〔89〕

所以，讓我用「百科全書式眞實」這個詞彙，來代表我從百科全書上知道的所有一般知識（例如太陽到地球的距離，或者希特勒死於一個燃料庫這個事實）。我認爲這些資訊是眞的，是因爲我信任科學團體，我也接受某種「文化分工」（division of cultural labor），並將一切委託給專業人士，讓他們提出證明。然而，百科全書式的主張卻有其極限。百科全書需要校訂，因爲科學的定義就是隨時要準備爲過去的發現提出修正。若我們能保持開放的心胸，當發現新紀錄時，就得修正我們對希特勒死亡一事的觀點，而〔90〕出現新的天文計算方式時，也要修正我們對從太陽到地球距離的認知。此外，有些歷史學家早已對希特勒死於燃料庫這件事情提出質疑。可想而知，希特勒在柏林被盟軍攻陷後依然活著，他逃到阿根廷，沒有屍體在燃料庫被燒毀，或者被燒毀的屍體不是希特勒的，希特勒的自殺，是抵達那個燃料庫的俄軍爲了宣傳目的所編造的謊言，且由於大家始終在爭論燃料庫到底在哪裡，所以燃料庫也可能根本不存在，諸如此類。

相反地，「安娜·卡列尼娜臥軌自殺」這件事情，卻是不容置疑的。

所有有關百科全書式眞實的主張，必須經常以「外在的經驗合理性」（external empirical legitimacy）來修正（根據此原則，你可以說：「給我看希特勒眞的死於燃料庫的證據。」），而有關安娜自殺的描述則是與「內在的文本合理性」（internal textual legitimacy）有關（意指不需要在文本以外尋找證據來證明）。基於此內在的合理性，若有人說安娜．卡列尼娜嫁給了皮埃爾．畢佐可夫（Pierre Besuchov），我們會說這個人不是瘋了就是根本沒搞清楚內容。可是若有人懷疑希特勒的死亡，我們並不會輕視他。〔91〕

基於上述同樣的內在合理性，我們不會錯認一個虛構角色的身分。在現實生活中，我們還是無法確定鐵面人的眞正身分。我們也不知道卡斯帕爾．豪澤爾（Kaspar Hauser）[28]究竟是什麼人，我們也不知道安娜史塔西亞．尼古拉耶芙娜．羅曼諾娃（Anastasia Nikolaevna Romanova）是否眞的和其他皇室成員一起在葉卡捷林堡（Yekaterinburg）遭到暗殺，還是她存活了下來，並跟英格麗．褒曼（Ingrid Bergman）在電影中飾演的角色一樣，成爲一個迷人的女性，且要求世人還給她身爲公主的身分和權利。相反地，當我們在看亞瑟．柯南．道爾的故事時，我們知道夏洛克．福爾摩斯提到華生時，他所謂的華生就是那個華生，而全倫敦不會有另外一個人有同樣的名字和同樣的職業——否則文本至少也會暗示確實有這麼一回事。我曾在別處反駁過索爾克．里普克（Saul Kripke）有關嚴格指稱詞（rigid designation）的理論，[29]但我很樂意承認，這個理論應用於虛構的可能存在世界時是有效的。我們可以用很多種方法來定義華生醫生這個人，但很清楚的是，他是在《血字的研究》（*A Study in Scarlet*）中被一個名叫史丹福特（Stamford）的角色第一次稱呼爲「華生」的那個人，從此以後，不管是夏洛克．福爾摩斯還是亞瑟．柯南．道爾的讀者們，在提到「華生」這個名字時，都意指那位在《血字的研究》中初次登場的醫生。也有可能在某一部未發表的小說裡，柯南．道爾說華生〔92〕提過他在馬旺德（Maiwand）戰役中受傷，以及受過醫療訓練的這些事情都是謊言。但即使如此，這位謊言尚未被揭穿的華生醫生，就是那位在《血字的研究》裡第一次和福爾摩斯見面的人。

　　虛構人物強烈的身分特性是一個重要的問題。在菲利普．杜芒（Philippe Doumenc）的著作《愛瑪．包法利死亡調查報告》（*Contre-enquête sur la mort d'Emma Bovary*）[30]一書中，有位警察調查包法利夫人的死亡事件，最後證實包法利夫人並非飲毒藥自殺，而是遭到謀殺。讀者之所以會覺得這部小說有趣，是因爲他們將愛瑪．包法利「實際上」是服毒自殺這件事視爲理所當然。讀者們可以用享受「烏托時」（uchronic）小說一般的方式去享受杜芒的小說。所謂烏托時小說就是現實版的烏托邦小說，也是一種歷史小說（或是跟過去歷史有關的科幻小說），例如，作者可以想像若拿破崙在滑鐵盧戰役中得勝的話，歐洲會變成什麼樣子。唯有讀者知道拿破崙其實在滑鐵盧戰役中戰敗這個事實，才能享受烏托時小說。同樣地，爲了享受杜芒的小說，讀者必須將包法利夫人自殺這件事情視爲理所當然。否則，爲什麼有人要寫——或是要讀——這種與事實相反的故事？

虛構陳述的認識論功能

在樂譜導向方法的架構之外，我們還不太清楚虛構人物是一種什麼樣的實體。但是我們能夠說，由於我們利用及思考虛構人物的方法，在釐清我們目前對於眞實的概念時，虛構的敘事是不可或缺的。

假設有人問：什麼樣的說法可被認爲是眞實的？且假設我們以阿爾弗雷德・塔斯基（Alfred Tarski）[31]的著名定義公式來回答這個問題。根據這個公式，若且唯若雪是白色的，那麼「雪是白色的」這種說法即爲眞實。我們可以提出些有趣的議題來激發充滿智性的討論，但這對於一般人來說毫無用處（例如我們並不知道該提出何種物理性證據來充分證明雪是白色的）。然而，我們應該要這麼說，當一種說法像「超人就是克拉克・肯特（Clark Kent）」一樣是不可否認的事實時，才是無可置疑的眞實。

一般而言，讀者認爲安娜・卡列尼娜是自殺的這件事是不可否認的事實。但即使有人想尋找外在的經驗證據，在使用樂譜導向方法的情況下（根據此方法，我們在可取得的書籍中看到托爾斯泰寫了如此這般的內容），我們也可充分感覺到有資料證明了這個〔94〕說法。然而，在希特勒的死亡方面，任何資料都值得進一步去討論。

爲了確知「希特勒死於燃料庫」這個說法是不容置疑的眞實，我們就必須要確認，這個說法是否跟「超人就是克拉克・肯特」，以及「安娜・卡列尼娜臥軌自殺」一樣是不容置疑的眞實。唯有經過這樣的測試，我們才能說「希特勒死於燃料庫」有可能是眞實，或者極有可能是眞實，但還說不上是毫無疑問的眞實（然而「超人就是克拉克・肯特」卻是不容置疑的）。教宗和達賴喇嘛可以花上好幾年時間討論耶穌基督是不是上帝的兒子，但（若他們有足夠的文學和漫畫知識）他們應該都會認同克拉克・肯特就是超人，且反之亦然。所以，這就是虛構說法的認識論功能：在測試某一說法是否爲不容置疑的眞實時，它們可以用來當作決定性的測試。

變動文本中的變動個體

談論虛構眞實所具有的眞勢（alethic）功能，並無法解釋我們爲什麼會爲了虛構人物所受的苦難而流淚。沒有人會因爲「托爾斯泰寫道安娜・卡列尼娜死了」而動容。大〔95〕部分人是因爲「安娜・卡列尼娜死了」而動容，即使大家都沒有意識到這是托爾斯泰寫出來的。

請注意一點，我方才說的狀況適用於安娜・卡列尼娜、克拉克・肯特、哈姆雷特，和其他角色人物，但並不適用於所有虛構人物。沒有人（除了尼洛．伍爾夫的冷知識專家以外）知道達納．哈默德（Dana Hammond）是誰，他做了什麼事。有人至多可以提出一本標題爲《最好的家族》（*In the Best Families*）的小說（雷克斯．史陶特於一九五〇年出版），接著說明達納．哈默德是這部小說裡的一個銀行家，他做了這些和那些事情。但我們可以說，達納．哈默德依舊是原始文本的囚徒。相反地，如我們想要引用一個惡名昭彰的銀行家爲例時，我們會提出紐泌根男爵（baron Nucingen），這個角色不知怎麼地得以脫離他所誕生的巴爾札克（Balzac）小說，成爲獨特的存在。紐泌根成爲了某些美學理論中所謂的「通用類型」（universal type），但是達納．哈默德卻不是。眞是太遺憾了。

依此來看，我們必須認爲，有一些虛構角色可以成爲脫離其原始文本的存在。知道安娜．卡列尼娜最終命運的人當中，有多少人是眞的看過托爾斯泰的這部小說？而又有多少人是透過電影（主要是葛麗泰．嘉寶[Greta Garbo]主演的電影）或電視影集才知道她的故事？我不知道正確答案是什麼，不過我可以肯定地說，有很多虛構人物是「活」在 〔96〕

創造他們存在的原始文本之外，並進入了某個我們難以界定的世界。他們之中有些人還從一個文本移到另一個文本，因爲經歷了數百年時間，人們集體的想像力在他們身上投入了情感，並將他們轉化爲某種「變動」的個體。他們之中有大多數是出自偉大的藝術作品或是神話故事，但並不是所有虛構人物都如此。因此，我們這個充滿變動實體的社群成員包括哈姆雷特和羅賓漢，希斯克利夫（Heathcliff）和米萊狄（Milady），利奧波德·布盧姆和超人。

因爲我很著迷於這些變動人物，我還曾經創作了以下這段拼貼作品（請容我在這裡做個自我抄襲）：

> 一九五〇年，維也納。二十年過去了，但山姆·史貝德（Sam Spade）[32]還是沒有放棄尋找馬爾他之鷹。他現在的聯絡人是哈利·萊姆（Harry Lime），[33]兩人此刻正在普拉特（Prater）公園的摩天輪上密談。他們下了摩天輪後，步行至莫札特咖啡館（Mozart Café），山姆拿起七弦琴演奏《流金歲月》（*As Time Goes By*）。[34]銳克（Rick）[35]坐在

咖啡館最後面的那一桌，裊裊煙氣由咬在他嘴角的香菸升起，臉上浮現一抹苦澀的神情。他從烏加特（Ugarte）[36]出示的一份報告中發現一絲線索，此刻他拿一張烏加特的照片給山姆看，「開羅！」偵探喃喃地說。銳克繼續說明，他以戴高樂（De Gaulle）解放軍成員的身分，跟著雷諾上校（Captain Renault）[37]乘勝進入巴黎時，他聽說有某位名 〔97〕
爲龍女士（Dragon Lady，曾於西班牙內戰時期參與羅伯．喬登[Robert Jordan][38]的暗殺）的特務，曾追蹤過馬爾他之鷹。這位女士應該隨時會出現。門打開，一位女士從門後現身。「伊爾莎（Ilsa）！」銳克喊道。「布麗姬（Bridgid）！」山姆．史貝德喊道。「安娜．舒密特（Anna Schmit）！」萊姆喊道。「史嘉麗小姐（Miss Scarlett）！」山姆喊道，「妳回來了!別再折磨我老闆了。」

咖啡館外已是黑夜凝重，有個臉上帶著嘲諷笑容的男人從黑夜裡冒出來。他是菲利普．馬羅（Philip Marlowe）[39]。「走吧，瑪波小姐（Miss Marple）。」他對一位女士說。「布朗神父（Father Brown）正在貝克街等我們。」[40]

讀者不需要爲了了解變動人物而去看原始文本。很多人沒有看過《奧德賽》（*Odyssey*），也知道尤利西斯（Ulysses）是什麼人，而成千上萬的孩子都知道誰是小紅帽，但他們不見得都看過原始出處的兩個故事：一個是夏爾．佩羅（Charles Perrault）版本，另一個是格林兄弟（Brothers Grimm）版本。

不需要依靠原始文本的美學品質，虛構角色也可以成爲一個變動實體。爲什麼有這麼多人爲安娜．卡列尼娜的自殺感到憂傷，卻沒多少人爲維克多．雨果（Victor Hugo）的作品《九三年》（*Ninety-Three*）一書中西穆爾登（Cimourdain）的自殺而難過？以我個人來說，比起那位可憐的女士，西穆爾登（這位值得紀念的英雄人物）的命運還更讓我動容。眞是太遺憾了，我跟大多數人的喜好都不一樣。除了法國文學的愛好者，還有誰記得奧古斯汀．莫南（Augustin Meaulnes）是誰？不過，他依然是作家亞蘭．傅尼葉（Alain Fournier）的偉大小說《美麗的約定》（*Le Grand Meaulnes*）的主角。有一些感性的讀者相當熱情地投入這些小說當中，他們甚至歡迎奧古斯汀．莫南和西穆爾登加入他們的俱樂部。不過大多數的當代讀者並不會期待他們能在某個街角與這些角色面對面。但我最近看到一份調查顯示，有百分之五十的英國青少年認爲溫斯頓．邱吉爾（Winston Churchill）、甘地（Gandhi），和狄更斯（Dickens）等人是虛構人物，而夏洛克．福爾摩斯和愛麗諾．瑞格比（Eleanor Rigby）[41]是眞實人物。[42]這麼看來，邱吉爾具有能成爲變動虛構實體的優勢地位，而奧古斯汀．莫南卻不行。

有一些人物之所以廣爲人知，並不是因爲其在某一特定文本內所扮演的角色，而是由於他們跨文本的化身。我們就以小紅帽爲例吧，在佩羅的版本裡，小女孩最後被狼吃掉，故事就到這裡結束，引發人們思考莽撞行動所帶來的危險。在格林兄弟的版本中，最後獵人現身，殺了大野狼，並且救活小女孩和她的祖母。

在今日，大多數的母親和小孩所知道的小紅帽，跟佩羅和格林兄弟的版本都不一樣。當然，好的結局是來自格林兄弟的版本，不過其餘故事細節是融合了兩個版本的內容。我們所知道的小紅帽是出自一個「變動的文本」，或多或少是由許多母親和說童話故事的人所共有。

〔99〕

很多神話人物在被某一特定文本記錄下來前，也是屬於這種共有的領域。在成爲索弗克里斯（Sophocles）劇本裡的主角之前，伊底帕斯（Oedipus）是個口說傳奇故事的人物。經歷過多次電影改編，三劍客已不再是大仲馬的三劍客了。每個看過尼洛・伍爾夫系列故事的人都知道，伍爾夫就住在曼哈頓，位於西三十五街的某座紅磚大樓內，不過雷克斯・史陶特在小說裡至少寫過十個不同的門牌號碼。某個時刻，出於某種不言自明的默契，讓伍爾夫的粉絲們認定正確的門牌號碼是五四五號，一九九六年六月二十二日，紐約一個叫做伍爾夫・派克（Wolfe Pack）的俱樂部在西三十五街五四五號這個地點製作了一個銅牌，用以紀念雷克斯・史陶特和尼洛・伍爾夫，因此確立了這個地點就是小說中虛構的紅磚大樓所在地。

同樣地，狄多（Dido）[43]、米蒂亞（Medea）[44]、唐吉訶德、包法利夫人、霍登・柯菲德（Holden Caulfield）[45]、傑・蓋茨比（Jay Gatsby）、菲利普・馬羅、馬格雷探長（inspector Maigret）[46]、赫丘里・白羅（Hercule Poirot）等，都走出他們的原始文本活了過來。即使人們從未看過味吉爾斯、歐里庇德斯（Euripides）、塞萬提斯、福樓拜、沙林

〔100〕

傑、費茲傑羅、錢德勒、西默農、克莉絲蒂的小說，也可以針對這些角色做出確切的描述。這些角色獨立於他們所誕生的文本和可能存在的世界之外，可以說就在我們之間來來去去，讓我們很難不把他們當作眞正存在的人。因此，我們不僅把他們當作自己人生的模式，也是別人人生的模式。我們可以說某人有伊底帕斯情節，某人的食量就像高康大（Gargantuan）[47]一樣驚人，某人像奧賽羅（Othello）一樣善妒，某人像哈姆雷特一樣多疑，某人是史古基（Scrooge）[48]。

虛構角色作為符號客體

在這裡要說明一件事，雖然我說我主要關注的並非本體論的狀況，我卻無法逃避一個本體論的基本問題：虛構角色的實體究竟是什麼？虛構角色就算不是一種存在，又是以何種抽象形式存在著？

虛構角色確實是一種符號客體。我所謂的符號，指的是被記錄在文化百科全書中的一連串屬性，並且以某種特定形式表達出來（文字，影像，或其他各種手法）。這些屬性的群集就是我們所稱的「意義」，或是表達形式的「意指」。因此，「狗」這個字所〔101〕傳達的內容是動物、哺乳類、犬科、吠叫的生物、人類最好的朋友，以及其餘各種被記錄在內容無所不包的百科全書內的特質等屬性。這些屬性也可一一被其他表達形式所詮釋。而這一連串相互連結的詮釋內容，則組成了某一社群共有且共同記錄下來的概念。

有很多種符號客體，其中有些代表了實際存在客體的類別（例如，「自然事物」的分類，像是「馬」這個名詞，或是「人造產物」的分類，像是「桌子」這個名詞），有些則代表抽象概念或觀念客體（例如「自由」或「平方根」），還有一些被分類為「社會客體」，包括婚姻、金錢、大學學位……等等，一般來說是由集體的合意和法律所建立的實體。[49]但是也有些符號客體代表了個人或是建築，並可以適當的名詞來稱呼，例如「波士頓」或是「約翰·史密斯」。我並不想使用「嚴格指定詞」的理論，根據這個理論，在所有可能存在的世界中，不管情境是否有所改變，某一特定的表達形式必然指涉同一件事物。我強烈地相信，每一個適當的名詞都會被我們貼上一連串的屬性，因此「拿破崙」這個名字傳達出某些特定屬性：他生於阿雅克肖（Ajaccio），成爲法國 〔102〕將軍，當上皇帝，贏得奧斯特里茨戰役，一八二一年五月五日死於聖赫勒拿島（Saint Helena）……等等。[50]

大多數的符號客體都有一個重要的共同特質：他們都有一個可能的指示對象。換句話說，他們都具有現存的（例如「埃佛勒斯峰」），或曾經存在的（例如「西塞羅」）屬性，而這個字詞也經常傳達出可識別該指示對象的指令。像「馬」和「桌子」這樣的字詞，代表實際存在客體的類別。像「自由」和「平方根」這樣的概念客體，也可能與具體的個別案例有所連結（例如，佛蒙特州憲法是第一個保障所有公民自由的案例，3的平方根是1.7320508075688772）。而社會客體也是如此（X事件即爲婚姻的案例）。但是，也有些自然事物，人造產物，抽象客體，或社會客體的案例，是無法與個人經驗做連結的。因此，我們知道「獨角獸」、「聖杯」，伊薩克·艾西莫夫（Isaac Asimov）定義的「機器人三原則」、「化圓爲方」和「米蒂亞」的意義是什麼（即所謂屬性），但我們都了解，我們無法在物質世界中舉出這些概念的具體案例。

我將這種實體稱爲「純意向性客體」（purely intensional obeject）。這個名詞爲羅曼．英加登（Roman Ingarden）所提出的。[51]對英加登而言，純意向性客體是指如教堂和旗子〔103〕這樣的人造產物——前者不只是一個各種物質的總和體而已，後者不只是一塊布料而已，因爲他們都被賦予了基於社會和文化傳統所建立的象徵價值觀。先不管上述定義，「教堂」這個字詞，也代表了辨識教堂的準則，提示該用什麼材質來建造，尺寸大小該是多少（一個用杏仁蛋白糖漿做的蘭斯主教座堂[Reims Cathedral]小型複製品稱不上是個教堂），而我們發現實際存在的客體中也有教堂（例如巴黎的聖母院[Notre Dame]，羅馬的聖彼得教堂[St. Peter]，和莫斯科的聖巴斯爾大教堂[St. Basil]）。相反地，若我們將虛構人物定義爲純意向性客體，就意指：和他們有關的一連串特性，在眞實世界中找不出可對應的實體。「安娜．卡列尼娜」這個詞彙找不到任何對應的具體指示對象，而我們也無法在這個世界上找到一樣東西，可以讓我們指著說：「這個就是安娜．卡列尼娜。」

就讓我們稱虛構人物爲「絕對意向性客體」（absolutely intensional objects）。

卡羅拉・巴貝羅（Carola Barbero）曾提過，虛構人物是一種「高階客體」——意指他們並不只是其特性的總和而已。「一般來說（並非嚴格來說），高階客體必須依賴其 〔104〕 組成的元素和關係，而所謂的『一般來說』是指，高階客體需要一些具有特定形式的元素來幫助其成爲一個客體，但不是『完全地』需要那些特定的元素。」[52] 能識別出一個客體的最重要因素是，該客體能維持一個完形（Gestalt），能在各個元素之間保持連結性，即使這些元素不見得都是相同的。例如，「午後四點三十五分由紐約開往波士頓的火車」就是一個客體，因爲它能夠被識別爲是同樣的火車，雖然每天車廂都會換過。並不只是這樣而已——即使它的存在被否定，還是可以被辨識爲同樣的客體，例如以下的描述，「午後四點三十五分由紐約開往波士頓的火車取消了」，「由於技術上的問題，午後四點三十五分由紐約開往波士頓的火車將於五點出發」。另一個典型的高階客體案例就是音樂旋律。即使用曼陀林演奏蕭邦作品第三十五號降B小調第二號鋼琴奏鳴曲，我們還是可以辨識出這是同一首樂曲。我承認，以美學的觀點來看，曼陀林演奏會是個災難，但仍會保留樂曲的形式。即使演奏時有些音符漏掉了，我們還是能辨識出這首曲子。

若我們能確認漏掉哪些音符不會對樂曲的完形造成傷害，而相反地哪些音符對於辨識一首樂曲來說是必要的（或具有識別性的），應該會很有趣。不過這並非一個理論性 〔105〕 的問題，反倒是一個音樂評論家的工作。而分析的樂曲不同，所得到的答案也會不同。

這一點很重要，因爲當我們不是分析音樂，而是分析虛構人物時，會出現同樣的問題。若包法利夫人沒有自殺，那她還是包法利夫人嗎？當我們閱讀菲利普·杜芒的小說時，我們確實感覺這裡所說的包法利夫人跟福樓拜作品裡的是同一個人。會產生這種「錯視」，是因爲在故事一開頭，包法利夫人已經過世，且「據稱」她是自殺的。在杜芒的小說中，由作者所提出的另一個選項（她是被謀殺的）一直都僅是書中幾個角色的個人想法，因此無法改變愛瑪·包法利這個角色的特質。

巴貝羅曾引用伍迪·艾倫的故事《庫格爾馬斯軼事》（*The Kugelmass Episode*），故事中包法利夫人被某種時光機器帶到現代紐約，還談了場戀愛。[53]這個角色看來是諧仿

〔106〕福樓拜的愛瑪．包法利，她穿上現代女性的洋裝，在蒂芬妮（Tiffany）購物。但我們還是能辨識出她的身分，因爲她身上仍保有具識別性的屬性，她出身自小布爾喬亞階級，嫁給一個醫生，住在雍維爾（Yonville），對她的小鎮生活有諸多不滿，而且想外遇。在艾倫的故事中，愛瑪並沒有自殺，不過——這一點對於帶有嘲諷性質的敘事方式很重要——正是她的自殺傾向使她變得深具魅力。庫格爾馬斯一定是在愛瑪發展出她最後一段外遇「之前」，以科幻小說的方式進入福樓拜的世界，所以他到得也不算太晚。

因此我們可以看到，即使身處不同情境中，虛構人物還是不會改變，因爲他們仍能保留具有識別性的屬性。我們必須爲每一個虛構人物定義出可供識別的屬性。54

小紅帽是個穿著紅色斗篷的小女孩，她遇到一匹大野狼，而這大野狼之後會吞掉她和她的奶奶。以上這些是關於小紅帽的特徵，雖然不同的人對於這小女孩年紀多大，她籃子裡裝的是什麼食物有不同的意見。這個小女孩的「變動」呈現出兩種方向，她活在原始文本之外，以及她成爲某種集合體，而這個集合體是隨時都在變動，且相當不準確的。然而，她的某些特徵卻不會變動，即使身處不同的情境與狀況中，我們依然可以辨識出她就是小紅帽。有人可能會想，若小紅帽沒遇到大野狼，接下來會發生什麼事。不〔107〕過我發現一件事，我在各大網站上找到很多穿著紅斗篷女孩的圖像，這些女孩的年齡從五歲到十二歲不等，但是我總是一下子就知道這就是那個童話故事的主角。我也找到一張圖，是個年約二十歲的性感金髮女郎穿著紅斗篷，不過我可以接受她是小紅帽，因爲這張圖的標題就是這麼寫的。但我把這張圖當作是種笑話、諧仿，和挑釁。爲了成爲小紅帽，女孩必須展現出兩種具識別性的特徵：一個是穿著紅斗篷，另一個是她必須是「小」女孩。

虛構人物的存在迫使符號學不得不修正一些研究方法，但也造成過度簡化的危險。圖一就是經典的語義三角圖示，三角圖示之所以包含指示對象，是肇因於我們通常以口語詞句來指涉某樣存在於我們世界中的具體事物。我基於彼得．斯特勞森（Peter Strawson）的理論，也假設言及或指涉並非是一種詞句，而是人們使用詞句來言及或指涉。言及或指涉是使用詞句時所產生的功能。[55]

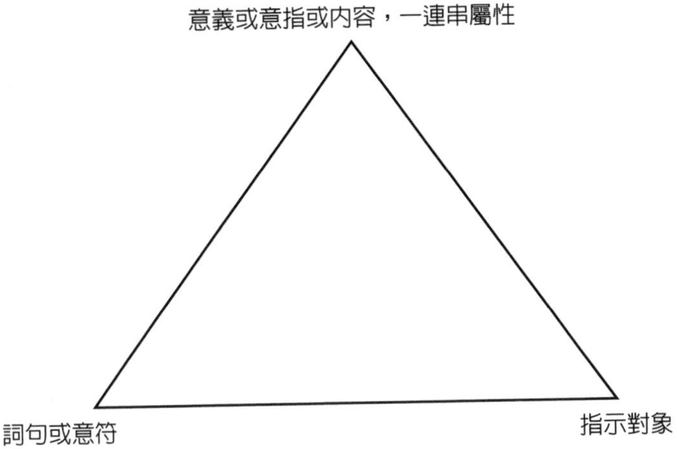

（圖一）

當我們說狗是一種動物，以及所有貓都是好貓的時候，我們是否眞的在指涉什麼，這一點是很令人質疑的。我們似乎仍是針對某一特定的符號客體（或一種客體的類別）來做判斷，並對它賦予某種屬性。

〔108〕

有個科學家可能會說，她發現了有關蘋果的新屬性，而她在實驗報告中說明她品嚐三個蘋果A，B，C（用以指稱她在證實自己論點的實驗過程中使用的幾個眞實物體）的蘋果屬性時，她會執行指涉的行爲。但只要她的發現被科學團體所接受，一般來說，這個新屬性就會被歸類，並永久成爲和「蘋果」這個字詞的相關內容。

我們在談及個人時，會執行指涉的行爲——但提及現存的個人與提及過去曾經存在〔109〕的個人之間是有差異的。「拿破崙」這一名字包含了拿破崙的屬性，其中一項特徵就是他死於一八二一年五月五日。相反地，在二〇一〇年的時間點上使用「歐巴馬」這個名字時，其內容屬性應該有「他目前仍活著，且是現任美國總統」這個特徵。[56]

提及現存的個人與提及過去曾經存在的個人之間的差異，可以用兩個符號學三角圖示呈現，如以下圖二和圖三。在這個情況下，說話者在指涉歐巴馬時用P這個字，如此讓聽者得以確認（若他們想這麼做的話）P是具體世界中某特定時空的存在。[57]相反地，當說話者在指涉拿破崙時用P這個字，並不會讓其他人去確認P確實存在於過去的世界。除非某人有一台時光機器，得以回到過去看看拿破崙是否眞的贏了奧斯特里茲戰役。所有關於拿破崙的說明不是確認「拿破崙」這個字所傳達出的屬性，就是暗示可能發現了新文獻，並會改變目前爲止我們對拿破崙的觀點——例如，他並非死於五月五日，而是五月六日。唯有當科學團體確認這份文件是眞實存在的客體，我們才能修改百〔110〕

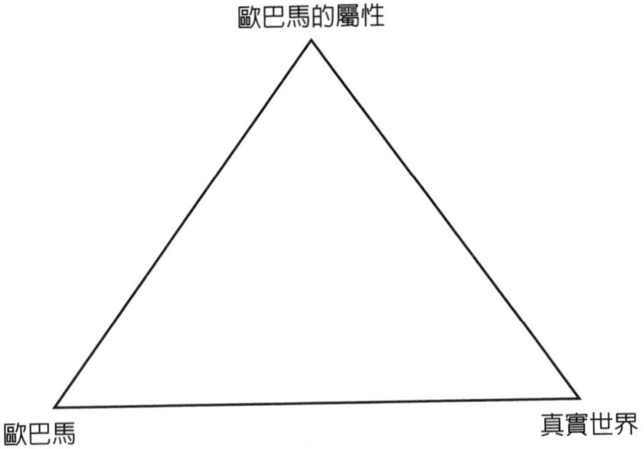

（圖二）

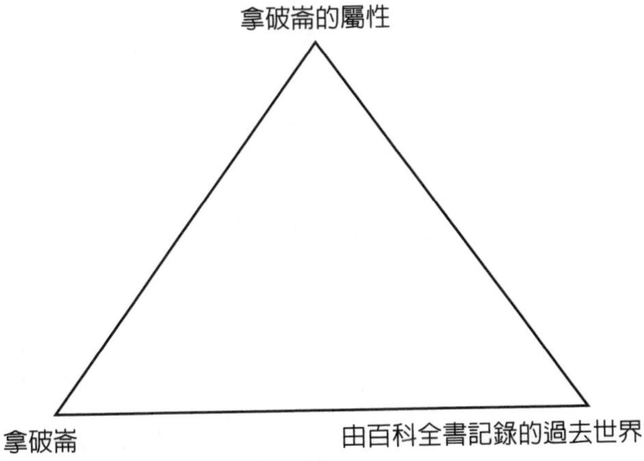

（圖三）

科全書的內容——亦即給予拿破崙這個符號客體一個正確的屬性。

我們可以理解，拿破崙能成爲傳記（或是歷史小說）的主角，試圖描繪出他在自己生存時代的姿態，重建他的行動，甚至想法。在這種狀況下，拿破崙會相當近似於虛構角色。我們都知道他確實曾經存在過——但爲了觀察，甚至參與他的人生，我們會試著去想像他曾生存的過去世界，就好像那是小說中可能存在的世界一樣。

但在虛構人物的案例裡，又會發生什麼事？確實有些虛構角色會被呈現爲「很久以前」的人（像小紅帽和安娜．卡列尼娜），但我們也確認，藉由好的敘事方式，讀者會將敘事內容當成是眞實的，並假裝自己活在敘事中可能存在的世界，如同活在他或她的眞實世界一樣。故事是否在描述一個據稱目前仍存活的人物（如某個最近在洛杉磯工作的偵探），或是一個據稱曾經存活的人物，並不重要。這就好像有人告訴我們，我們有個「這個世界」的親戚方才過世了，我們會對目前存活於我們經驗世界的人產生感情。

語義三角圖示假設了以下圖四所呈現的形式。現在我們比較能理解，爲什麼一個人會對存活於虛構的、可能存在世界的人產生感情，好像這個人是眞實存在的人一樣。這

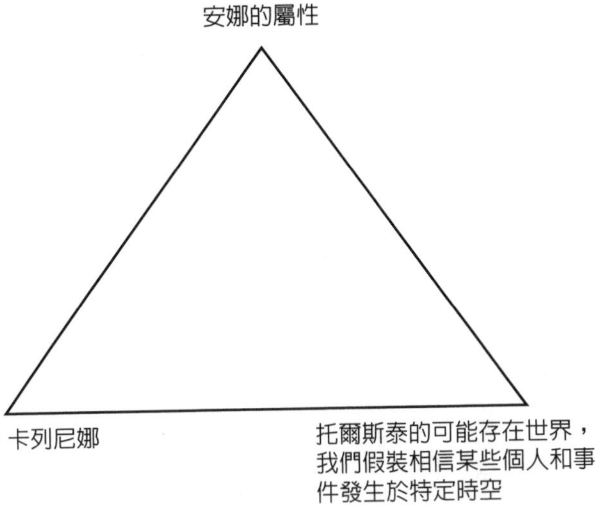
安娜的屬性
安娜・卡列尼娜
托爾斯泰的可能存在世界，我們假裝相信某些個人和事件發生於特定時空

(圖四)

有部分跟我們會因爲想像自己摯愛之人死亡而感到悲傷一樣。在後者的情況中，我們在幻想終結後會回到日常生活中，並明白我們沒有什麼好擔心的。但若有人活在一個持續不斷的幻想中，會發生什麼事？

爲了持續不斷對存活於虛構的、可能存在世界的人產生感情，我們必須滿足下列兩個條件。第一，我們必須像存活於一個持續不斷的幻想中一樣，存活於虛構的、可能存在的世界。第二，我們必須要像其中一個角色一樣地行動。

我們已假設虛構角色是誕生於敘事中可能存在的世界，若他們要成爲變動角色，他們必須出現在其他敘事當中，或是屬於某個變動的文本。我們也假設，根據小說讀者慣〔113〕常對小說產生不言自明的認同感，我們假裝把虛構的、可能存在的世界當作是眞的。因此，當我們進入某個非常吸引人的敘事世界中，文本策略可能會引發近似神祕的恍惚或幻覺反應，讓我們忘記我們所進入的世界只是一個「可能」存在的世界而已。

尤其當我們在原始文本中，或另一個較新且十分有吸引力的情境中遇見某個角色，就會產生這種現象。不過既然這些角色是屬於變動角色，他們可以說是在我們的腦子裡來去自如（例如在阿爾弗雷德·普爾弗洛克〔J. Alfred Prufrock〕[58]的世界裡那個在談米開朗基羅的女子），他們一直都在迷惑我們，使我們相信他們就存在於我們之中。

至於第二個條件，一旦我們像活在自己的眞實世界般存活於可能存在的世界，我們會因爲一個事實而困擾，那就是我們根本不是這個可能存在世界的住民。這個可能存在的世界與我們沒有任何關係，我們在這個世界裡的行動，就像于連·索海爾那顆消失的子彈一樣，但是我們投入的感情會讓我們將自己移入某個人格，某個存活於那個可能存〔114〕

在世界的人。因此，我們會認同其中一個虛構角色。

當我們從自己摯愛之人死亡的幻想中醒來，我們會了解到方才的想像都是錯誤的，我們認爲「我的摯愛之人還活得好好的」這說法是對的。相反地，當虛構的幻覺結束時——當我們不再假裝自己是某個虛構人物，如保羅．瓦勒里（Paul Valery）[59]所說的，「縱有疾風起，人生不言棄。」（le vent se lève, il faut tenter de vivre）——關於安娜．卡列尼娜自殺，伊底帕斯殺了他的父親，和夏洛克．福爾摩斯住在貝克街這些敘述，我們也仍繼續將它們當作是眞實的。

我承認這是一種很罕見的行爲，但時常發生。擦拭眼淚後，我們闔上托爾斯泰的小說，回到此時此刻。但我們依然認爲安娜．卡列尼娜自殺了，而若有人說她跟希斯克利夫結婚，那個人就是瘋了。

他們是變動的實體，是我們忠誠的人生伴侶（他們跟其他在文化方面受到修正的符號客體不同）[60]，他們不會改變，永遠都是自己行動的主體。就因爲他們的行爲具有不可改變的性質，我們永遠都可以說：他們擁有某些特質和做出某些行動，而這些都是眞實的。克拉克．肯特現在是，也將永遠是超人。

其他符號客體

還有沒有其他人物也跟虛構人物有同樣的命運？有的：每一則神話裡的英雄和神祇。傳說的生物，例如獨角獸、精靈、妖精，和耶誕老人，以及大多數受到世界上各種宗教所崇敬的對象。很顯然地，對一個無神論者來說，「所有」宗教的崇敬對象都是虛構的，但對一個信仰者來說，有一個充滿「神奇的自然物」（神、天使……等等）的精神世界，我們無法以感官接觸這些東西，但他們是「真的」。從這個意義上，無神論者和信仰者是以兩種不同的本體論來看待這些人物。若羅馬天主教徒相信位格化的神（personal God）是存在的，而聖靈來自聖父和聖子，那麼他們應該也會將阿拉、濕婆，和草原聖靈都視為是神聖敘事所創造的虛構人物。同樣地，對一個佛教徒來說，聖經裡的神是虛構人物，對伊斯蘭教徒和基督教徒來說，亞爾剛京印地安人（Algonquians）

的巨大神靈（Gitchi Manitou）也是虛構人物。這個意思是，對某一特定宗教的信仰者來說，其他宗教崇敬的對象——換句話說，絕大多數的——都是虛構人物。所以我們必定〔116〕會將百分之九十的宗教崇敬對象都視爲虛構。

意指宗教崇敬對象的字彙具有雙重的語意所指。對懷疑論者來說，耶穌基督是個存活於一世紀初期，只活了三十三年的實際存在的客體。對一個虔誠的基督徒來說，他也是一個以非實體存在的方式繼續存活下去的人物（根據比較廣爲流傳的想像，耶穌也是存活於天堂）。[61]還有很多具有雙重語意所指的案例。但是當我們想釐清一般人的眞正信念時，會發現有些英國人（先前提過）認定夏洛克．福爾摩斯是眞實人物。同樣地，有些基督徒詩人會在詩的開頭請求繆斯和阿波羅賜予他們靈感，這對他們來說只是個文學傳統，還是他們在某種程度上眞正相信奧林帕斯山上的諸神，我們則無法分辨。很多神話人物都成爲敘事文學的主角，相對地，也有很多非宗教敘事的主角跟神話故事的角色很相似。傳說的英雄、神話的神祇、文學的角色，和宗教的實體之間，界線通常是很模糊的。

虛構人物的道德力量

我們之前曾提過，虛構人物和其他符號客體不同，這些符號客體會在文化方面受到修正，而虛構人物可能只跟數學實體有相似性，且不會改變，也永遠會是他們行爲的主體。這正是爲什麼對我們來說虛構人物很重要，尤其是從道德觀點來看。

現在來想想，我們正在看索弗克里斯的《伊底帕斯王》（*Oedipus Rex*）的演出。我們拚命地希望伊底帕斯可以選擇走另一條路，不要走上那條與親生父親相遇並在最終殺死他的道路。我們想，他爲什麼最後會走到底比斯，而不是雅典，他在雅典可以娶芙萊妮（Phryne）或阿斯帕西亞（Aspasia）爲妻。同樣地，我們在看《哈姆雷特》的時候也會想，這個好孩子殺了他那惡棍叔父，以溫和的方式將他母親趕出丹麥後，他爲什麼不能娶奧菲莉亞爲妻，並從此過著幸福快樂的生活？希斯克利夫在面臨羞辱時爲什麼不能再多堅忍一些？只要再等待一段時間，他就可以和凱薩琳結婚，成爲有錢的鄉紳。安德烈爲什麼不能從重傷復原，並且和娜塔莎結婚？拉斯科尼科夫（Raskolnikov）爲什麼會有殺害那位老婦人的病態念頭，他爲什麼不完成學業，成爲令人敬重的教授？格里高爾・薩姆沙在變成一隻悲慘的甲蟲以後，爲什麼不會有一個美麗的公主現身，親吻他，〔118〕讓他變成布拉格最英俊的青年？羅伯・喬登爲什麼沒辦法在西班牙那座不毛之山底下擊敗法西斯的走狗，和他心愛的瑪莉亞團聚？

基本上，我們可以讓上述所有事情發生。我們需要做的事情就是改寫《伊底帕斯》、《哈姆雷特》、《咆哮山莊》（*Wuthering Heights*）、《戰爭與和平》、《罪與罰》（*Crime and Punishment*）、《變形記》（*The Metamorphosis*），和《戰地鐘聲》（*For Whom the Bell Tolls*）。但我們眞的想這麼做嗎？

我們都有這種令人絕望的經驗，我們發現，儘管希望他們可以活下來，但哈姆雷特、羅伯・喬登，和安德烈都死了——不管我們在閱讀過程中是如何期盼的，但事情還是發生了，且永遠不會改變——我們感覺到命運的操弄，因而全身戰慄。我們明白，我們無法知道亞哈（Ahab）後來是否捕到了那隻白鯨。我們從《白鯨記》學到的教訓是：

鯨魚是不可掌控的。偉大的悲劇故事中那令人嘆服的本質是來自於主角的作爲，他們並未逃離殘酷的命運，反倒投入深淵中——這也是由他們自己挖掘出來的——因爲他們並不知道面前等待的命運是什麼。而我們這些讀者清楚地看著這些主角盲目前進，卻無力阻止他們。我們可以認知到伊底帕斯的世界，我們知道有關他和約卡絲苔（Jocasta）的 〔119〕
所有事情。他們的世界雖然寄生在我們的世界之上，他們卻對我們一無所知。虛構人物是無法跟眞實世界的人溝通的。[62]

這個問題並沒有表面上看來這麼異想天開。請各位認眞想一想，伊底帕斯無法知道索弗克里斯的世界——否則他不會在最後娶了自己的母親。虛構人物活在一個不完整的世界，或者用更粗魯又政治不正確的措辭：一個「殘障」的世界。

不過，當我們眞正了解了虛構人物的命運時，我們這些活在此時此刻的公民也會開始懷疑，我們是不是也和他們相同。我們時常遭到命運的作弄，因爲我們思考自己世界的方式，跟虛構人物思考自己世界的方式一樣。虛構文學提醒我們，或許我們對眞實世界的觀感跟虛構人物對自己世界的觀感一樣，都是不完整的。這是爲什麼優異的虛構人物會變成「眞實」人類境遇的最佳典範。

第四章

我的名單

在我剛剛開始寫小說的職業生涯時，很可能完全沒意識到我自己有多喜歡名單。我寫了五本小說，並嘗試一些其他類型的文學作品後，我現在可以列出一份屬於我的完整名單。

我小時候受過天主教教育，因此很習慣背誦和傾聽連禱文（litany）。基本上，連禱〔121〕文就是一直反覆唸誦。它們通常由一連串的讚美詞語所組成，就像聖母連禱文，「神聖的瑪莉亞」、「天主之母」、「童貞之聖童貞者」、「聖母」、「天主寵愛之母」、「聖潔之母」……等等。

連禱文就像電話簿和目錄一樣，是一種名單，它們是列舉的例子。在我剛剛開始寫小說的職業生涯時，很可能完全沒意識到我自己有多喜歡名單。我寫了五本小說，並嘗試一些其他類型的文學作品後，我現在可以列出一份屬於我的完整名單。但是這大膽作爲可會花去不少時間，因此我只引用我的列舉名單的部分內容，並且——爲了表現出我的謙遜——將它拿來和文學作品歷史中的偉大名單做比較。

實用名單和詩文名單 〔122〕

首先，我們得分辨「實用」（或是「務實」）名單與「文學」、「詩學」、「美學」名單的差異，其中最後一個形容詞比前兩者都還要廣泛，因爲所謂「美學」並不只包含口語，還有視覺、音樂，和肢體語言。[1]

一份實用名單很可能會是購物清單、圖書館目錄、任何地方的物品存貨清單（像是辦公室、資料檔案室、圖書館）、餐廳菜單，或甚至是記錄某一特定語言所有詞彙的字典。這些名單具有非常純粹的指示功能，因爲列在上面的條目都能指示到一個相應的物體。若那些物體不存在的話，那麼這就只是一份錯誤的紀錄。這些名單記錄存在的事物——是具體存在於某處的物體——實用名單是「有限」的。因此，這些名單無法更動，因爲假如在一份博物館目錄中加入一幅根本不屬於該博物館收藏的畫作，是沒有任何意義的。

相反地，詩文名單是「開放」的，在某些程度上也假設名單最後會出現「等等」。文學名單提示了一份包含無限的人物、物品、事件的名單，那是基於以下兩個理由：一、作者意識到事物的分量太過龐大，無法記錄。二、作者在無限制地列舉名單過程中〔123〕感受到某種愉悅，有時候是一種純粹聽覺上的愉悅。[2]

實用名單呈現出一種形式，能整頓處於「情境壓力」（contextual pressure）下的許多物體，使其成爲一個完整的單位，即使每個物體之間其實沒有任何共同點，意思是，這些物體之所以會被連結起來，只是因爲它們身處同一個地點，或是因爲它們是組成某一企畫的元素（例如派對的賓客名單）。一份實用名單永遠也不會出現不協調的情況，因爲我們可以從中辨識出組成這份名單的準則是什麼。在桑頓．懷爾德（Thornton Wilder）[3]的小說《聖路易之橋》（*The Bridge of San Luis Rey*）中，他所描述的這一群人之間沒有任何共通點，唯一的連結是，橋垮下來時，這幾個人「正好」都待在橋上。

實用名單中最好的範例，是莫札特的歌劇《唐喬凡尼》（*Don Giovanni*）中雷波雷諾（Leporello）所列舉的著名名單。唐喬凡尼誘惑了成千上百的村姑、女僕、小鎮姑娘、伯爵夫人、男爵夫人、侯爵夫人、公主，都是來自各階層，外貌各異，和不同年齡層的女性。但是雷波雷諾是個非常精準的記帳員，他的目錄充滿了數學式的完整記述：

義大利，六百四十人，

德國，兩百三十一人，
法國，一百人，土耳其，九十一人，
西班牙，已經有一千零三人。 〔124〕

以上人數不多不少正好兩千零六十五人。如果唐喬凡尼隔幾天又去誘惑安娜夫人或賽琳娜夫人，那麼名單又要更新了。

很明顯地，這就是人們想製作實用名單的原因。不過，我們爲什麼會想製作詩文名單？

列舉名單的修辭學

我先前說過，作者會寫出詩文名單，如果不是因爲他們處理的條目太過龐大，已經超出他們所能掌控的範圍，就是他們迷戀上這一連串字句所發出的聲韻。在後者的案例中，作者原本想製作一份充滿「指示對象」和「意指」的名單，後來卻變成充滿「意符」的名單。

先來想想在馬太（Matthew）《福音書》（*Gospel*）開頭的耶穌系譜。我們可以懷疑有些系譜當中的先祖是否是實際存在的人物，但很明確地，馬太（或馬太的接替者）想把這些「眞實」人物帶入他所相信的世界中，因此這個名單具有實用價值和指示功能。相反地，聖母德敘禱文——一份有關聖母特質的目錄，其中有許多是借自《聖經》（*Scripture*）的段落和傳統且常見的祈禱文——必須像唸眞言般背誦，如佛教徒唸的「唵嘛呢叭咪吽」。聖母是「偉大」的，還是「仁慈」的，並不重要（無論如何，直到〔125〕梵諦岡第二次大公會議前，那些完全不懂拉丁文的信徒還是用拉丁文來複誦連禱文）。重要的是，人們會感受到這份名單上字句音韻的催眠效果。就像諸聖禱文一樣，重要的不是這份名單上有或沒有哪幾個名字，而是我們長時間以有韻律的方式誦唸這些字句。

後者的動機已經有古代修辭學家做過大量的研究和分析，他們檢視過很多案例，並認爲重要的並非名單上永無止境的數量，而是用一種集體的方式賦予名單上的事物一些屬性，而這通常是出於人們對於複誦的純粹熱愛。

名單的形式有很多種，但通常會包含「累積」這個特質，意即以連續和並列的方式呈現具有相同概念的語句。其中一種累積的形式就是「列舉」（enumeratio），這樣的形式經常出現在中世紀文學作品中。有時候這種形式的名單會缺乏一致性和同質性，因爲該名單的目的是要列舉上帝的屬性，根據僞迪奧尼修斯的亞略巴古（Pseudo-Dionysius the Areopagite），上帝只能用相異的形象來形容。因此，在第五世紀時，恩諾迪〔126〕斯（Ennodius）寫道，上帝是「源頭、道路、公義、岩石、獅子、晨星、羔羊、大門、希望、道德、字句、智慧、預言，犧牲、枝葉、牧羊人、山巒、羅網、飛鴿、火焰、巨人、翔鷹、伴侶、耐心、蠕蟲」。[4]這份名單就像聖母連禱文一樣，是一種「頌文」或「頌詞」。

累積的另一種形式是「堆聚」，就是列出一連串有相同意思的文字或句子，並用各種不同的方式來重複傳達同一種觀念。這正好與「壯大演說」的原則不謀而合，而壯大演說的最佳範例就是西塞羅（Cicero）發表的反羅馬議員喀提林（Catiline，西元前六三年）演說第一講，「喀提林，我以上蒼的名義起誓，你對我們的耐心要濫用到多久？你對我們的嘲弄要瘋狂多久？你不受約束的魯莽要囂張到什麼地步？對你來說，夜間有人駐守的帕拉丁算不了什麼；到處有人巡邏的城市算不了什麼；人民的驚恐算不了什麼；所有最誠實的人組織起來的力量算不了什麼；元老院在這戒備森嚴的地方召開會議算不了什麼；所有在場者臉上的表情算不了什麼？你不知道你的計畫已經暴露了嗎？你看不到，由於所有這些人的知情，你的陰謀已經被捆住手腳了嗎？」[5]

稍微有些不同的累積形式就是「增幅」，也可以被稱爲「高潮」或「漸增」。雖然所使用的詞句意指相同的概念，但越往前進展說得越多，力道也越強。同樣地，增幅的最佳範例依然可以從西塞羅的反喀提林演說第一講中看到，「你在做的事情，你想做的事情、你在想的事情，沒有一樣是我沒有聽說，看見，和一清二楚的。」[6]

古典修辭學也將列舉定義爲首語重複（anaphora）的列舉和連接詞省略（asyndeton）或連接詞疊用（poly-asyndeton）的列舉。首語重複即爲在每一句子的開頭或是每一段落的第一句重複使用相同詞語。不過，使用首語重複不見得就會寫成一份所謂的名單。維斯拉瓦・辛波絲卡（Wisława Szymborska）[7]的詩《種種可能》（*Possibilities*）即爲一個首語重複的美麗案例。

我偏愛電影。
我偏愛貓。
我偏愛華爾塔河沿岸的橡樹。
我偏愛狄更斯勝過杜斯妥也夫斯基。
我偏愛我對人群的喜愛，勝過我對人類的愛。
我偏愛在手邊擺放針線，以備不時之需。
我偏愛綠色。

同樣的句子結構連續寫了二十六行。[8]

連接詞省略是在一系列詞句中刪除連結詞的修辭技巧。最好的範例是亞利歐斯多

（Ariosto）[9]《瘋狂奧蘭多》（*Orlando Furioso*）的經典開頭，「淑女，騎士，戰爭，愛情/我吟唱宮廷典範，壯大的傳奇故事」。[10]

與連接詞省略相反的是連接詞疊用，將所有的字句用連接詞串連起來。在米爾頓（Milton）《失樂園》（*Paradise Lost*）的第二部第九四九行使用的是連接詞省略，而下一行用的就是連接詞疊用：

用頭，手，翼，腳，拚命趕路前進，
或泳，或潛，或涉，或爬，或飛。[11]

但是，在傳統修辭學中，卻沒有給那令人震驚的一連串混亂且龐大的名單一個定義，尤其是將事物分類的一長串名單，例如伊塔羅．卡爾維諾（Italo Calvino）的《不存在的騎士》（*Nonexistent Knight*）中這一小段：

我眞需要赦免呀。我們是鄉下女孩……只曉得宗教儀式，三日祈禱，九日祈禱，園藝，收割，釀酒，鞭刑，亂倫，火災，吊刑，侵略，掠奪，強暴和瘟疫等等。[12] 〔129〕

當我在寫有關中世紀美學的博士論文時，我閱讀了大量中世紀詩作，發現中世紀的人是多麼喜歡列舉名單。例如活躍於五世紀的詩人希多尼烏斯·阿波黎納里斯（Sidonius Apollinaris）讚美納博訥城（Narbonne）的頌詞：

Salve Narbo, potens salubritate, urbe et rure simul bonus videri, muris, civibus, ambito, tabernis, portis, porticibus, foro theatro, delubris, capitoliis, monetis, thermis, arcubus, horreis, macellis, pratis, fontibus, insulis, salinis, stagnis, flumine, merce, ponte, ponto; unus qui venerere iure divos Laeneum, Cererem, Palem, Minervam spicis, palmite, pascuis, trapetis.

（美哉納博訥，強大健壯、美不勝收、城牆、公民、帳篷、商店、大門、廊柱、廣場、神廟、國會、貨幣、浴場、拱門、穀倉、市場、草地、噴泉、島嶼、鹽水、湖水、河流、墳土、橋樑、海洋、人們崇拜神祇拉弩恩、刻瑞倫、帕泠、米涅娃、狩獵場、牧場、磨坊。）

你不需要懂拉丁文也可以欣賞這個名單。重要的是對列舉名單的執著。至於這份名單的主旨——在這個案例中，是列舉出城市中各項建築元素——並不重要。一份好名單眞正的目標，是傳達出無限的概念，以及令人目眩的不斷延伸。

當我年歲漸長，智慧漸開，我發現了拉伯雷（Rabelais）和喬伊斯的名單，這些名單表現出這兩位作者的長篇著作中無限廣闊的內涵。既然我無法避開這些對我後來的作家生涯形成決定性影響的模範，容我在以下至少引用兩個段落來說明。

第一個是《巨人傳》：

他玩起同花，愛情，普利麥羅牌，西洋棋，野獸，狐狸雷納德，來福，方塊，王牌，乳牛，猛戳不饒，摸彩，一百，機會或不出聲，銅板，三骰，薄命女子，桌子，小謊話，尼維尼，過十，東倒西歪，三十一，成雙成對或王后的遊戲，三牌戲，奇數或偶數，雙陸棋，三百，長桌子，倒楣鬼，倒地，地獄裡的最後一對，蟾蜍的身體，紅酒，不得不做，傲慢陰沉，女士或跳棋，藍司克內特（傭兵），快快收割，杜鵑，第一第二，吹氣，拿到的人說話，小刀記號，鑰匙，一無所取而丟掉，搭彈珠，結婚，偶數或奇數，狂歡或寒鴉，銅板的十字還是反面，意見，球狀關節，誰做一個，做另一個，象牙球，撞球，接二連三，突擊，象牙束，貓頭鷹，塔羅牌，迷兔子，輸的人贏，再拉一點點，他上當了，慢吞吞的豬，酷刑，馬加塔餅，雙手脫皮，號角，中了，公牛戴花，榮譽，侏儒貓頭鷹，邊捏邊笑，戳我搔我，九柱戲，不穿鞋的傻瓜，公雞昆汀，庫克斯，連拍帶丟，哈利哈伊，平碗，我定下來，拐彎抹角，鬍子伯爵，無賴和流氓，老模子，邦伯區，流口水，神祕的槽子，熄滅，傻瓜頭，說三道四，深灰黑斑馬，濫扣球，豎起開動，丟掉這騷貨，砸飯碗，馬賽無花果，我心所欲，叫綽號，暈頭轉向，棒棒和洞洞，燈心草束，扁他或活剝狐皮……[13]

〔131〕

就這樣一直寫了好幾頁。

第二份摘錄是出自喬伊斯的《尤利西斯》，佔了第十七章的一小部分（該章節總共超過一百頁）。這份名單列出了布盧姆在自己家廚房的碗櫃內所能找到的一些物品：

開鎖之後，頭一個抽屜裡裝著什麼？維爾．福斯特（Vere Foster）的習字帖一冊，係米莉（米莉森特［Millicent］）的所有物，其中幾頁上畫著題爲「爹爹」的圖形。畫面上是一顆球狀大腦袋，豎著五根頭髮，側臉上有一雙眼睛。胴體則朝著正面，有三顆大鈕釦，長著一隻三角形的腳。兩張褪色的照片：英國的亞利山德拉皇后（queen Alexandra）和莫德．布蘭斯科姆（Maud Branscombe）。女演員和職業性美人。一張耶誕節賀片，上面是一顆寄生植物的圖，米斯巴（Mizpah）的傳說，日期爲一八九二年的耶誕節，寄賀片者爲M．科默福德（M. Comerford）先生暨夫人。短詩是，「願耶誕節帶給你，快樂、平安與喜慶。」一小截快融化了的紅色火漆，是從戴姆街（Dame street）八十九、九十和九十一號希利先生股份有限公司（Messrs Hely's Ltd.）的門市部買的。從

〔132〕

同一商店的同一門市部買來的十二打J牌鍍金粗鋼筆尖，盒子裡裝著用剩下的部分。舊沙鐘一架，隨著邊旋轉邊往下漏的沙子而轉動。利奧波德・布盧姆寫於一八八六年的一份火漆封印的預言（從未拆封），是關於威廉・尤爾特・格萊斯頓（William Ewart Gladstone）於一八八六年提出的自治法案（從未獲得通過）通過後的前景的。在聖凱文（S. Kevin）舉行的慈善義賣會入場券，第二〇〇〇四號，價格六便士，爲中彩者備有一百個獎品。幼兒寫的一封信，寫明了日期，星期一（首字小寫），內容如下：「爹爹」（首字大寫），逗點，「你好嗎」（首字大寫），問號。「我」（大寫）「很好」。句點。另起段。署名：「米莉」（首字花體大寫），未加句點。貝製飾針一枚，上有浮雕。本屬於愛琳・布盧姆（原姓希金斯[Higgins]），已故：貝製領帶卡一枚，上有浮雕。本屬於魯道爾夫・布盧姆（原姓維拉格[Virag]），已故：三封打字信，收信人爲：亨利・弗羅爾（Henry Flower），爲斯特蘭橫街（Westland Row）郵局轉交；發信人爲：瑪莎・克利弗德（Martha Clifford），海豚倉巷（Dolphin's Barn）郵政局收轉。三信的發信人住址姓名改寫爲字母交互逆綴式、附有句號、分作四行的密碼（元音字母略之）如下：N. IGS./WI. UU. OX/W. OKS. MH/Y. IM.。英國週刊《現代社會》（*Modern Society*）的一張剪報：「論女學校中的體罰」。一截粉紅色緞帶，這是一八九九年繫在一顆復活節彩蛋上的。從倫敦市內西區查林十字路郵政局三十二號信箱郵購來的兩只有些鬆軟的橡膠保險套，附有備用袋。一疊有著奶油色直紋的信封，配以帶淡格子線的水印信箋，原是一打，已少了三份。幾枚成套的奧－匈硬幣。兩張匈牙利皇家特許彩票。一架低倍數的放大鏡……[14]

〔133〕

在這種影響之下，我喜歡上拉伯雷式的累積名單，於是我在一九六〇年時寫了一封信給我兒子（他當時一歲），告訴他，爲了讓他在長大後成爲一個堅定的和平主義者，我會盡快送他一些玩具武器。以下就是我在信中提及的大量武器：

到時候，你的禮物會是槍。雙管獵槍、連發手槍、輕機槍、大砲、火箭筒、軍刀、全副武裝的錫兵部隊、附吊橋的城堡、有待佔領的碉堡、砲臺、火藥庫、驅逐艦、噴射機、機關槍、匕首、左輪手槍、柯特（Colts）手槍和溫徹斯特（Winchesters）散彈槍。夏賽波（Chassepots）後膛步槍、九一型步槍、葛倫德（Garands）半自動步槍、砲彈、火繩槍、長管砲、彈弓、十字弓、鉛球、投石機、火炬、手榴彈、弩砲、劍、長矛、破城槌、戟，和爪鉤。還有和弗林特船長（Captain Flint）一樣的西班牙古銀幣（紀念史約翰[Long John Silver]和班．葛恩[Ben Gunn]），和唐．巴瑞荷（Don Barrejo）愛用的短劍，還有一擊能打掉三把手槍，砍倒蒙特馬利侯爵（Marquis of Montelimar）的托雷多（Toledo）尖刀，或是當邪惡的暴徒試圖搶走他的伊莎貝拉（Isabella）時，西格納男爵（Baron de Sigognac）擊斃暴徒的那把那不勒斯刀。另外還有戰斧、長矛、短刀、波紋短刀、標槍、半月彎刀、飛鏢，和約翰．卡拉定（John Carradine）在第三軌道被電死時〔134〕握在手中的內藏刀劍手仗（若沒有任何人記得這件事，那是他們的不幸）。讓卡爾莫（Carmaux）和范．史提勒（Van Stiller）嚇得臉色發白的海盜短劍，讓詹姆士．布魯克斯爵士（Sir James Brook）嘆爲觀止的鑲金花紋長柄手槍（否則他絕不會在那個面帶冷笑，叼著不知第幾根菸的葡萄牙人面前服輸）。還有在克里昂庫特（Clignancourt）的薄暮中，威廉爵士（Sir William）的徒弟用一把三角形刀鋒的扁鑽殺死了刺客贊巴（[Zampa]他殺死了自己年老貪鄙的母親菲利芭[Flipart]）。當伯特福公爵（[Duke of Beaufort] 他那把紅銅色的鬍子因爲經常以鉛製梳子梳理，而顯得越發威武懾人）逃離監獄，一邊開心地想像著馬札然（Mazarin）會有多生氣時，塞進獄卒拉赫墨（La Ramée）嘴裡的梨形塞口器。還有塡滿鐵釘，只等著被檳榔汁染紅牙齒的男子發射的前膛槍。身披閃亮戰袍的阿拉伯衝鋒隊揮舞著把手上鑲飾貝母的手槍，讓諾丁翰的警長都嫉妒得眼紅的強弩快箭，明尼哈哈（Minnehaha）或是溫尼圖（[Winnetou]既然你能使用雙語）可能用過的剝頭皮刀。一把可以塞在禮服大衣底下背心裡的扁平手槍，讓紳士派頭十足的怪盜大顯身手，或是邁可·謝恩（Michael Shayne）放在口袋或夾在腋下的那把沉重的魯格手槍。還有最適合傑西·詹姆斯（Jesse James）和野牛比爾（Wild Bill Hickok）使用的獵槍，或桑比格利歐（Sambigliong）前膛砲散彈槍。總而言之，全是武器。許多的武器。這些，兒子，即將成爲你耶誕節的重頭戲。[15]

我在寫《玫瑰的名字》時，我從一份古早的編年史裡借來一堆遊民、搶匪、流浪異教徒的名字，希望呈現出瀰漫十四世紀義大利社會和宗教的騷動氛圍。我的名單裡充滿了這些不合時宜又古怪的人，但很明確的一點是，我沉迷於不斷在這一鍋大雜燴內加入更多材料，而這全出自於我對「空言」（flatus vocis）的愛好——純粹欣賞音韻的樂趣。

> ……我努力用我所知有限的普羅旺斯方言和義大利方言聽懂他支離破碎的敘述。他說的是他如何逃離家鄉，到處漂泊的故事。提到許多人是我原本就知道的，或是那次旅行沿途遇見的人，還有很多是我後來認識、如今才想起來的人……
>
> ……薩瓦托雷（Salvatore）四處漂泊，從他的家鄉孟菲拉托（Montferrat）去到里古利亞（Liguria），之後往北經普羅旺斯去到法國國王領土。薩瓦托雷遊走各地，行乞、偷竊，裝病，幫地主打零工，之後循山林小路再踏上征途。我從他的敘述得知，他與那〔136〕些遊民混跡一處，在接下來幾年走遍歐洲各地，那些人包括假僧侶、江湖醫生、修理工、弓箭手、乞丐、無賴、痲瘋病人、跛腳、小販、流民、街頭賣藝、被放逐的神職人

員、流浪學生、騙子、變戲法的、殘廢傭兵、居無定所的猶太人、逃離異教徒迫害的落難者、瘋子、被土匪劫殺的逃難者、耳朵被削掉的罪犯、雞姦者，還有流動手工藝匠、織布工人、白鐵工人、修椅子工人、磨刀工人、草編工人、水泥工，以及各種無賴、騙子、惡棍、大爺、流氓、蠢蛋、詐騙者、裝神弄鬼的、太保、地痞、買賣聖職和貪污的神父、利用他人信任維生的人、僞造教廷訓諭和封印的人、販賣贖罪劵的人、躺在教堂門口假裝癱瘓的人、從修道院逃跑的遊民、販賣聖物盒的人、占卜家和算命師、巫師、江湖術士、假乞丐、各種私通者、用矇騙和暴力誘拐修女和少女的人，以及假裝有水腫病、癲癇、痔瘡、痛風、爛瘡和憂鬱抓狂的人。還有人在身上塗抹膏藥假裝有不治之症，有人在嘴裡含著血紅色的液體假裝吐血，有人假裝肢體殘障，拄著枴杖假裝有羊癲瘋、疥瘡、黑死病、腫瘤，在身上纏著染了番紅花色的綳帶，手上拿著鐵棍，頭上綁著布條，臭烘烘地偷偷混進教堂裡，或在廣場上突然暈倒，口吐白沫翻著白眼，鼻孔流出桑椹和硃砂調成的假血，以騙取食物獲金錢，因爲有人會想起修會教父宣揚要懂得施捨：把你的麵包分給飢餓的人，將流離失所的人帶回家，我們要一起拜見基督、迎接基督、跟隨基督，正如水能淨化火，施捨也能淨化我們的罪。

在我敘述的這個修道院事件結束之後，我在多瑙河（Danube）沿岸仍看到爲數眾多的這些江湖騙子，他們成群結隊，跟魔鬼一樣。這些人就像是一股泥流，在我們這個世界各處的小徑間奔竄，裡面混雜了虔誠的宣道者、尋找新獵物的異端份子及興風作浪的異議份子……

……他才加入了那些起而贖罪的團體，只是他不僅誤解其名，也錯解了此一教義精神。救我猜測，他既然四處漂泊，恐怕輪流帶過巴大尼派（Patarines）、瓦登斯派（Waldensians）、加太利派（Catharists）、亞納多派（Arnoldists）和屈辱派（Umiliati）的團體，漸漸將自己的漂泊生活視爲傳教，先前爲填飽肚子所做的一切努力，如今轉而爲天主努力。[16]

形式和名單

後來，當我在寫一篇法國藝術家阿曼（Arman）[17]的「累積」作品的評論時（他將〔138〕各種類型的眼鏡和手錶收集起來放在一個塑膠容器內，是一種有實體的名單），我開始考慮起符號學的名單。當時我想起來一件事，那就是第一個將名單當作某種文學手法的人是荷馬。在《伊里亞德》（*Iliad*）第二章中，所謂的船艦目錄。[18]事實上，荷馬呈現出一個美麗的對照方式，一方是完整而有限的形式，另一方則是不完整而具有潛在無限性的名單。

《伊里亞德》第十八章裡，阿奇里斯（Achilles）的盾牌就是一個完整而有限的形式。赫發斯托斯（Hephaestus）將這個巨大的盾牌分爲五個區域，並描述兩座人口眾多的城市。在第一座城市裡，他描述一個婚禮宴會，以及一個正在舉行審判，擠滿了人的廣場。第二場景則是一座被圍攻的城堡，老弱婦孺都站在城牆上看著下方人們的一舉一動。在米涅娃（Minerva）的帶領下，敵人的軍隊向前推進，同時人們帶著牲口來到一條河邊，準備發動突擊，接著展開一場偉大的戰役。接下來赫發斯托斯雕鑄出一片被農人和牛隻深耕過的肥沃農地，一片綴滿熟透葡萄的葡萄園，長出黃金的嫩芽，藤蔓攀附在銀製的支架上，園子四周圍上鍛鐵做的圍欄，用金和錫鑄造的牛群跑過河邊的牧草地，河水流過沿岸的蘆葦。突然間，有兩隻獅子出現了，撲向母牛和公牛，牠們傷害牛隻並拖走牛，任牛隻發出可憐的嚎叫。當牧人和狗兒過來時，兩隻野獸已經將牛隻吃得一乾 〔139〕
二淨，大狗只能無力地對著野獸吠叫。赫發斯托斯最後雕刻的一幕是，在一處四散著小屋和牧場的山谷裡，有一群羊群，而年輕人和姑娘們正在跳舞。姑娘們穿著半透明的衣袍，頭戴花冠，年輕人身穿緊身上衣，配掛黃金匕首，他們就像陶工的轆轤一樣不停地旋轉又旋轉。旁邊有很多人在看他們跳舞，不久，其中就有三個雜耍高手跳出來，開始邊唱歌邊表演特技動作。氣勢磅礡的世界海（Oceanus）環繞著每一幕場景，並將盾牌的世界與其他世界分隔開來。

我的簡介說明是不完整的，這面盾牌上實在有太多東西，除非我們想像赫發斯托斯是用一把非常非常小的雕刻工具鑄造，否則我們很難想像這麼多豐富的細節可以同時在一面盾牌上表現出來。另外，對於盾牌的描述不僅涉及空間，也與時間有關，一連串的事件一個接一個發生，讓這面盾牌像電影的螢光幕，或是長篇幅的連環漫畫一樣。這個人造產物中完美的循環特質告訴我們，沒有一件事情可以超越它的邊界，這是一個有限的形式。

荷馬可以清楚地想像出盾牌的模樣，因爲他對當代農業和軍事文化有充分的理解。他很了解自己的世界，他了解這個世界的法則和因果，這就是爲什麼他可以給這個盾牌「一個形式」。

〔140〕

在第二卷，荷馬想讓讀者體會希臘軍隊的浩大，他說明嚇壞的特洛伊人看到在海岸邊集結的成千上萬軍人是多麼可觀。起初，他試圖將這景象比做如閃電般劃過天際的一群雁或是鶴，但是他再也找不著更好的譬喻了（這裡採用山繆爾·巴特勒[Samuel Butler]的經典翻譯），於是他呼喚繆斯請求神祇的幫助：

居住在奧林帕斯山上的繆斯女神啊，你們是天神，無處不在，無事不曉；而我們，只能滿足於道聽途說，對往事一無知了。請告訴我們，誰是達奈人的將領，誰是主上？至於普通兵士，我說不清，也道不出他們的名字，即使我有十根舌頭，十張嘴巴，一個不倦的聲音，一顆銅心也不行。除非奧林帕斯山上的繆斯女神，手執神盾的宙斯的女兒提醒我，有多少戰士來到特洛伊城下。現在我敘述他們的艦隊司令和船隻。[19]

這一段看起來像是抄捷徑，但是這個捷徑帶著他繼續寫了將近三百行的詩（希臘原文版本），只是爲了一一數出一千一百八十六艘船隻。很明顯地，這個名單是有限的〔141〕（只有列出的這些艦隊司令和船隻），而既然荷馬說不出每一位司令到底統率多少士兵，那麼他所引用的數量依然有不確定的特質。

不可言說

荷馬的船艦目錄並不只是提供了一份傑出的名單範例，也呈現出所謂的「不可言說的文學傳統」（topos of ineffatability）。[20]荷馬的作品中有幾次使用這個文學傳統（例如，《奧德賽》[*Odyssey*]第四卷，第二七三行，巴特勒的翻譯爲，「我難以把一切都敘述，一一列舉飽受苦難的奧德修斯的各種艱辛……」[21]）。而有時候，這位詩人在面臨無限的事物和事件時，他選擇沉默以對。但丁（Dante）無法說出每一位天使的名字，因爲他不知道他們的數量有多龐大（在《天堂篇》[*Paradiso*]的第二十九卷，據說天使的數量超越人智所能理解）。因此，當這位詩人在面臨不可言說的事物時，他並未試著匯集一份不完整的名單，反倒表達出自己面對不可言說時所感受到的狂喜。在說明天使那無法計算的數量概念時，他至多引用了一個例子，那就是西洋棋的發明者要求波斯王回報他發明棋戲的報酬，是在第一個棋盤格子裡放上一粒麥子，第二個格子裡放上兩粒麥子，第三個格子裡放上四粒麥子，就這樣一直放到第六十四格，會成爲龐大到難以估計的數量，「每粒火星又因熱烈而射出許多別的火星／於是他們的數目簡直超過棋盤上每方格加倍的數目。」22

在其他案例中，當面臨某個數量極爲龐大或是未知，且我們尚未完全理解，或可能永遠也無法完全理解的東西時，作者會提出一份名單做爲樣本、範例、指示，並讓讀者自行想像其他未說出的部分。

我的幾部小說中，至少在某一處我加入了一份名單，只是因爲我被不可言說的感覺弄得頭暈目眩。我不像但丁正在前往天堂的旅途上，而是以比較世俗的方法造訪南太平洋的珊瑚礁。當時我正在寫《昨日之島》，我有一種感覺，那就是沒有一個人類能夠形容出那個地區的珊瑚礁和魚群豐富、多樣，不可思議的色彩變化。但即使我能夠做得到，我那位在十七世紀時因船難而受困於這片礁岸的主角羅貝托，很可能是人類當中第一個看到這片珊瑚礁的人，所以他應該找不到任何詞語來形容他心中的狂喜。

我的問題在於該如何呈現南太平洋珊瑚礁無限變化的濃淡色調（有些人只看過其他

海域少得可憐的珊瑚礁，他們就可能無法理解我的意思），而我必須藉由某個修辭手法，即生動的描述方式（hypotyposis），來用文字展現這些顏色。我面臨的挑戰是必須用大量字句來形容變化萬千的色調，而且同一個形容顏色的字句不可重複使用兩次，且不可使用同義字。〔143〕

以下是我珊瑚礁（和魚）的名單及字句的一部分：

起先能見度並不高，眼前只是些模模糊糊的景象。游著游著，就像在霧夜裡航行的人接近一片山崖一樣，他看見一片陡直的峭壁突然迫近眼前，礁岩之間裂著一條大海溝。他先摘下潛鏡，倒乾積水，重新戴上，用一手扶著潛鏡，兩腳緩慢地踢動，朝著海溝游去，希望將眼前的美景看得眞確一些。海溝裡到處是珊瑚。從筆記來判斷，當時的景象該讓他看得目眩神迷。就好像進入一間綢緞舖子，見店裡四處垂掛著森德爾綢、塔夫塔綢、錦緞、素緞、花緞、天鵝絨，和蝴蝶結、流蘇，和飾褶，以及披肩、斗篷、十字褡、寬袖法衣時的印象。這些海底生物都是活物，自有一份東方踏舞女的肉慾之美。

海底風光瑰麗——但羅貝托在筆記裡未多所著墨，可能因爲初次目睹這種美景，他的腦子一時找不到貼切的詞彙來形容——突然間，有一群生物躍入他眼前，這一次他確實認出這些是什麼生物，至少是可以跟他之前所見的生物做比較。一群又一群的魚兒從四面八方交錯地撲向他，就好像流星劃過仲夏夜空，牠們各有各的色彩，圖案和尺寸，彷彿大自然想要證明這個宇宙中到底存在多少種色調，而又有多少種色調可以同時呈現在單一的平面上。魚身圖案各異其趣，有條狀的，直的，橫的，斜的，外加曲線的。有些如在拼花圖案灑上燦爛的小點，有班點狀的，小點狀的，還有一些看來如斑駁塊狀，有些如飛灑的痕跡，有些是細小的斑點，有些則如大理石般的紋理。有些如蛇紋，或是扣鎖在一起的鍊紋。有些如灑上琺瑯般的斑點，和盾形以及玫瑰花的紋樣。最讓人嘆爲觀止的是往身上繞了兩匝繩紋的魚，繩紋是葡萄紫和乳白色；奇異的是，腹部的繩紋總是能恰好地和側腹的紋路連結，宛如出自藝術家之手的傑作。魚群太過令人眼花撩亂，過了好一陣子羅貝托方才認出珊瑚礁岩的各種形狀，有的像串香蕉，有的像籃麵包，有的像簍銅鑄琵琶，上面停著金絲雀，大壁虎和蜂鳥。眼前奇景可比一座花園，不，他搞錯了，這是一片石化的森林，而下一刻他看見小丘，溝壑，沙地，洞窟。斜坡上面密密鋪著一層石頭，宛如非存在於這個地球上的植被，有立方體，有圓柱體，或是鱗狀，上頭宛如附著一層如鎖子甲般的顆粒狀，或有的如樹瘤，或有的如盤蛇。姿態形狀儘管不同，卻都教人驚嘆於它們的美麗和美好，就連那些看來像是漫不經心、隨便製作出來的〔145〕
形體，其粗糙樸實的部分也全顯得雍容華貴：它們確實是怪物，但卻是美麗的怪物。或者（羅貝托刪去並重寫筆記的這一部分，但他無法再記述下去，就像某人第一次形容什麼是「圓形方體」、「海岸平原」、「嘈雜沉靜」、「夜空彩虹」），他看見的是朱紅色的海底灌木。大概是憋氣憋了太久，他覺得有點昏沉，而海水灌進面罩，讓眼前物體的形狀和顏色漸漸模糊起來。他趕緊把頭部伸出水面換氣，然後沿著礁岩邊緣摸索前進，順著礁岩的裂口和彎曲的形狀，經過一條石灰岩的狹長走道，看到一大群酒紅色的小丑魚穿梭其間，還有一隻顏彩斑斕的大龍蝦，正緩慢地呼吸，動動腳爪，站在一座網狀的珊瑚礁上（這種珊瑚有點像是他曾經見過的那一種，卻像史提法諾神父〔Fra Stefano〕那傳說中的起士一樣，不斷擴展延伸沒有盡頭）。他所看見的並非魚類，也不是植物；

這毫無疑問是一種生物，像兩條又薄又寬的白色帶子，邊緣是猩紅色，尾端還有如羽毛般輕飄飄的扇子；而你覺得是眼睛的地方，實際上卻是兩根如封蠟般緊緊纏住的觸鬚。扁柏珊瑚蟲如蠕蟲般扭動身子，露出中央那一大片玫瑰色的唇狀物，宛如紫紅色的腺體，拍打一整片由白色長條狀物體組成的植被；身上散布橄欖綠斑點的粉紅色小魚，在灰白色花椰菜狀珊瑚礁上方漫游，珊瑚礁上潑灑著緋紅色點跡，條狀突起的部分猶如深色銅塊……接著他看到一座多孔的珊瑚礁，顏色猶如巨大動物深紅色的肝臟，或是燃起銀色蔓草紋路的人造火焰，一小把一小把的棘刺是鮮豔欲滴的血紅色，還有像是珍珠貝母一般肥軟的杯狀物……在他看來，那杯狀物猶如一個瓦甕，接著他想到，說不定卡斯帕神父（Father Caspar）的遺體就卡在這些岩縫裡。但珊瑚蟲隨著水流飄來，附著在他身上，慢慢把他蓋滿，所以鐵定是看不到他了；但珊瑚吸收神父身上人的體液，長出如花朵和果樹一般的形狀。或許再過一會兒，他就能認出被轉變成底下這些異樣生物的神父的身體：渾圓的腦袋是一顆毛茸茸的椰子，臉頰是皺皺的蘋果乾，眼珠和眼皮是兩粒未成熟的杏果，苦苣菜般的鼻子糾結成一球，如動物的糞乾；往下看，嘴唇的部分是乾癟的無花果，下巴是尖尖的甜菜莖，喉頭是風乾的刺菜薊；兩側的太陽穴的髮鬢是長刺毛的板栗，兩耳各是半個胡桃；指頭是胡蘿蔔；肚皮是一個西瓜；膝蓋是一對姹梈。[23]

事物，人物和地點的名單

文學的歷史充滿了過度著迷的物品收藏目錄。這些名單中有些是很奇幻的，例如，根據亞利歐斯多的故事，艾斯托爾弗（Astolfo）曾經到月亮上去取回奧蘭多的智慧。這些名單有時候也很令人困擾，例如《馬克白》（*Macbeth*）第四幕中女巫使用的〔147〕邪惡材料。這些名單中也有充滿狂喜的香氣，例如吉安巴蒂斯塔・馬里諾（Giambattista Marino）[24]在《阿多尼斯》（*Adonis*，第六部115-159頁）中所形容的花草名錄。這些名單有的時候很瑣碎，但很重要，例如讓魯賓遜・克魯索（Robinson Crusoe）能在荒島上存活下去的船隻殘骸，或者是馬克・吐溫（Mark Twain）所說的湯姆・沙耶（Tom Sawyer）那些小而不起眼的寶藏。這些名單有時候非常普通，例如在利奧波德・布盧姆家廚房裡那些大量而無關緊要的物品。這些名單有時候是很慘烈的，儘管像博物館的收藏品，具有葬禮的固定性（funeral immobility），例如湯馬斯・曼在《浮士德博士》第七章所形容的樂器收藏。

地點的名單也有相同特性。這裡我們再次看到作者是如何仰賴名單的「等等」。〈以西結書〉二十七章（*Ezekiel 27*）列出了一份地產名單，讓讀者了解推羅（Tyre）是一個多麼廣闊的地方。《荒涼山莊》（*Bleak House*）的第一章裡，狄更斯花費許多心力在描述被煙霧籠罩的倫敦市內那些看不見的面貌。愛倫・坡（Poe）在《人群中的人》（*The Man of the Crowd*）裡描述主人公是如何用夢幻的眼光注視著組成「人群」的每一個人的相貌。普魯斯特（《在斯萬家那邊》[*Du côté de chez Swann*]第三章）鉅細靡遺地描述了他童年時代生活的城市。卡爾維諾（《看不見的城市》[*Invisible Cities*]第九章）召喚出大汗所夢想的城市風景。布萊斯・桑德拉爾（[Blaise Cendrars]《西伯利亞大鐵路》[*La Prose du Transsibérien*]）描繪出一列發出軋軋聲穿越西伯利亞大草原的列車，也穿越了 〔148〕
一連串對各個地方的回憶。惠特曼（Whitman）——這位詩人以擅長寫出令人極度目眩神迷的名單出名——為了讚美祖國，列出一份堆疊著一個又一個物品的名單：

斧頭跳起來了呀！
堅固的樹林說出流暢的言語，
他們倒下，他們起立，並且成形，
小屋，帳篷，上陸，測量，
棒，犁，十字鎬，鐵橇，鏟，
木瓦，圍欄，柱子，壁板，戶柱，板條，鑲板，山牆，
堡壘，天花板，大廳，學院，風琴，展覽室，圖書室，
飛簷，格架，壁柱，露台，窗戶，塔樓，走廊，
鋤頭，耙，乾草叉，鉛筆，推車，竿子，鋸子，鉋子，
錘子，楔子，把手，
椅子，木桶，箍，桌子，邊門，風標，窗框，地板，

工具箱，五斗櫃，弦樂器，船，框架，以及不是，
諸州會議室，和諸州國民會議室，
馬路上的莊嚴的行列，孤兒院，或貧民醫院，
曼哈頓的汽船和快艇，駛到一切的海上。[25]

提到地點的累積名單，雨果在《九三年》（第一部第三章）中寫了一份很奇特的旺代省（Vendée）地點名單，這是朗特奈克侯爵（marquis de Lantenac）對水手哈馬洛 〔149〕（Halmalo）口頭傳授的名單，讓哈馬洛能帶著起事的命令走過這些地點。很明顯地，可憐的哈馬洛不可能將這份名單背誦下來，而雨果也不期待他的讀者能做到。這份冗長的地點名單只是用來暗示讀者，說明民眾的反叛之心流傳有多廣。

另一份令人頭暈目眩的地點名單，是喬伊斯在《芬尼根守靈夜》的其中一章，「安娜·利維亞·普魯拉貝爾」（Anna Livia Plurabelle）中，為了讓讀者感受利菲河（River Liffey）的流動，喬伊斯加入了成千上百條世界各地河流的名字，並以雙關語或

是合成字（portmanteau words）將河流的原名掩藏起來。對讀者來說，要從下列這些字詞裡辨識出實際上他們並不熟識的河流名字，是很困難的，例如契伯河（Chebb）、弗特河（Futt）、包恩河（Bann）、達克河（Duck）、薩布拉因河（Sabrainn）、提爾河（Till）、瓦格河（Waag）、波姆河（Bomu）、波亞納河（Boyana）、楚河（Chu）、巴薩河（Batha）、史科利斯河（Skollis）、沙利河（Shari）、蘇伊河（Sui）、湯姆河（Tom）、契夫河（Chef）、錫爾河（Syr Darya）、雷德波恩河（Ladder Burn）……等等。既然我們可以任意翻譯「安娜．利維亞」這一章，在外文版本中，指涉某一特定河流的名稱可能會出現在跟原始版本完全不同的地方，或者也有可能完全被改寫。在第一個義大利文版中（喬伊斯本人也參與合作翻譯）提到幾條義大利河流的名字，例如賽里歐河（Serio）、波河（Po）、塞爾基歐河（Serchio）、皮亞韋河（Piave）、孔卡河（Conca）、阿涅內河（Aniene）、翁布羅內河（Ombrone）、蘭布羅河（Lambro）、塔羅河（Taro）、托切河（Toce）、貝爾博河（Belbo）、西拉羅河（Sillaro）、塔利〔150〕
亞門托河（Tagliamento）、拉莫內河（Lamone）、布雷博河（Brembo）、特雷比歐河

（Trebbio）、明喬河（Mincio）、蒂多內河（Tidone），和帕納羅河（Panaro），在英文版中，完全沒有出現上述這些河流的名字。[26] 同樣的事情也出現在第一個，且極具歷史重大意義的法文版中。[27]

這個名單給我們一種這是具有潛在無限性的印象。不只是讀者必須費力去辨認出每一條河流的名字，我們也懷疑，評論家已找出比喬伊斯所明確提及的更多河流。我們同樣也懷疑，由於英文字母所具有的組合可能性，可以找到的河流數量可能比評論家和喬伊斯所想像的還多。

我們很難將這類名單做分類。這是出自某種貪婪的心態，出自不可言說的文學傳統（沒有人可以明確說出這個世界上究竟有幾條河流），出自對名單的熱愛。喬伊斯一定花費很多勞力及時間去找出這些河流的名字，而且也跟許多人共同合作。他這麼做當然不會是出自對地理的熱愛。比較可能是他只不過想列出一份無盡的名單。

最後，讓我們來看一下包含所有地點的地點：整個宇宙。波赫士（Borges）在他的故事《阿萊夫》（The *Aleph*）中透過一個狹小的裂口來看整個宇宙，並且認爲宇宙就是一份註定不會完整的名單，包含地點的名單、人物的名單，還有各種不安定、稍縱即逝的事件名單。他看見擁擠的海洋，黎明和黃昏，美國民眾，位於黑色金字塔中心的一個〔151〕銀色蜘蛛網，還有一個破碎的迷宮（後來知道那是倫敦），一連串無限延伸的眼睛特寫，星球上所有的鏡子，在索勒街（Calle Soler）的一個後院裡，他看到一種磁磚，就跟他二十年前在弗萊本托斯（Fray Bentos）一棟房子前廳所看到的一模一樣，一串葡萄、雪、菸草、金屬礦脈、水蒸氣，赤道凸面的沙漠和沙漠裡的每一粒沙子，在印威內斯（Inverness）的一個女性，她糾結成一團的頭髮，她抬頭挺胸的身姿，她乳房內的癌細胞，人行道旁一塊圓形的乾土，曾經有棵樹種在這裡，位於阿德羅古（Adrogue）的一棟鄉村房舍，普林尼作品的第一本英文譯本，同時呈現每一頁的每一個字，白天與黑夜同時出現，克雷塔羅（Querétaro）夕陽的顏色就跟孟加拉一朵玫瑰的顏色一樣，他空蕩蕩的臥房，阿爾克馬爾（Alkmaar）的一個書房內，有一個地球儀被擺在兩面鏡子中間，映照出無限延伸的影像，在黃昏的裏海沿岸，有一匹馬的鬃毛被風吹起，一隻手纖細的骨架，戰場上的倖存者正在送明信片，擺在米爾札布爾（Mirzapur）商店櫥窗內的塔羅牌，羊齒蕨落在溫室地板上的斜影，老虎、活塞、野牛、潮汐，和軍隊，地球上所有的螞蟻，一個波斯星盤，一只抽屜，擺滿了他的朋友碧翠絲·維特勃（Beatriz Viterbo）所 〔152〕
寫的淫穢、不可置信，又詳盡的信件。恰卡黎特公墓（Chacarita Cemetery）內一個摯愛的墓碑，碧翠絲那曾經美妙但如今已腐朽的遺體，他暗色的血液循環，愛的纏繞和活力，以及生死的交替。他同時從各處看到阿萊夫——是空間中某個包含所有其他點的一個點——在阿萊夫裡的地球，再一次存在於地球裡的阿萊夫，接著又是阿萊夫裡的地球。他看著自己的臉和內部，不禁感到暈眩，然後哭泣起來，因爲他看到某個神祕，假設性的物體被人類所侵佔，而如今卻沒有人再多看這物體一眼：這個不可思議的宇宙。[28]

我一直都很著迷於這類名單，而我想我並不孤單，我很肯定是受到波赫士的影響，在《波多里諾》中寫了一份假想的地理名單。波多里諾向祭司王約翰的兒子（他是個痲瘋病人，在傳說中的東方國度內離群索居，且因疾病即將不久於人世）說明西方世界的美妙之處。因此，他說了很多西方世界的地理和事物，難以置信的程度就跟中世紀的西方人在想像東方世界時一樣：

我爲他描述我見過的每一個地方，從雷根斯堡（Ratisbon）到巴黎，從威尼斯到拜占庭，從科尼亞（Iconium）到亞美尼亞（Armenia），以及我們在旅途當中遇到的人。〔153〕除了彭軛裴金（Pndapetzim）的死人窩之外，他這輩子注定什麼地方都看不到，所以我試著用我的敘述讓他活過來。當然，我也編造了一些故事：爲他描述我從來不曾造訪的城市，我從來不曾參與的戰役，我從來不曾佔有的公主。我和他談起日落國度的奇景。我用普羅龐提斯海（Propontis）的夕陽，威尼斯瀉湖綠寶石般的閃亮倒影，海伯尼亞（Hibernia）的一座山谷和湖泊，以及散落在湖畔的七座白色教堂讓他開心；我爲他描述阿爾卑斯山頂如何覆蓋了一層柔軟而潔白無瑕的物質，而夏天會融化成壯麗的瀑布，然後四散爲河川和溪水，竄流在山坡上茂盛的栗樹之間；我告訴他阿普利（Apulia）沿岸綿延的鹽漠；我提到我從未航行過的海洋，以及跳躍在海中，身軀龐大如牛，但是溫和得可以讓人類騎行的魚類，他聽得全身顫抖；我爲他詳述了聖布倫丹（Saint Brendan）的布雷斯特群島（Isles of the Blest）之旅，有一天他以爲自己到達了汪洋中的一塊土地，但後來卻發現自己是在一條鯨魚背上著陸；鯨魚是一種體型如山的魚，可以吞下一整艘帆船，但我得先向他解釋帆船是什麼，我說帆船是用木頭做的魚，一邊鼓動著白色的翅膀，破浪而行；我爲他細數了家鄉的珍禽異獸，頭上長了兩只十字狀巨角的雄鹿，背著衰老的父母飛越天空，從一個地方飛到另一個地方的鸛鳥，還有長得像小小的蘑菇的瓢蟲，通體紅色，散佈著乳白色的斑點，酷似鱷魚，但是細小得可以從門縫底下穿過的蜥蜴，將自己的蛋產在其他鳥類巢穴裡的杜鵑，兩只圓眼睛像是在夜裡發光的兩盞燈，以教堂裡的燈油維生的貓頭鷹；背部長滿針刺，會吸食乳牛的乳汁的刺蝟，宛如活著的珠寶盒，有時候會產下美麗珍寶的牡蠣，那珍寶雖然是死物，卻有極高的價值，以歌聲守夜，終生愛慕玫瑰的夜鶯，披著火紅的甲殼，逃避覬覦其鮮肉的獵食者時會往後跳的龍蝦，味道精緻肥美，但是卻像可怕的水蛇的鰻魚，像上帝的天使一樣飛越水域，但叫聲卻尖銳似魔鬼的海鷗，黑身黃嘴，會說人話，並會洩漏主人祕密的鳥鶇，莊嚴地君臨湖面，在死前一刻會鳴唱最甜美樂音的天鵝，像少女一般拐彎抹角的黃鼠狼，筆直地撲向獵物，然後將獵物帶回訓練牠的主人身邊的隼鳥。我想像出他從未見過（我也從未見過）的璀璨寶石——紫紅色和乳白色班點的螢石，某種發光，有白色脈紋的埃及寶石，白色的綠銅鋅，剔透的水晶，燦爛的鑽石；接著我讚美華麗的黃金，這是一種柔軟的金屬，可以製成最精細的金幣，燒得又紅又熱的白銀被丟入水中降溫時發出的嘶嘶聲，以及某些宏偉的教堂所收藏的不可思議的聖物盒，教堂那又高又尖的塔樓，君士坦丁堡競技場那又高又直的柱子，猶太書籍當中遍布如蟲的符號，以及他們朗誦時發出的聲音，一個偉大的基督教國王收到回教國王（caliph）所贈送的鐵公雞，那只公雞會在太陽東昇時自動鳴叫，滾動的圓球會噴出蒸汽，還有阿基米德（Archimedes）的鏡子如何點火，深夜見到風車的時候有多麼可怕，然後我提到了至今仍吸引許多騎士前往布利塔尼（Brittany）尋找的聖杯（Grasal）的事情，還有關於我們的事情，以及只要我們找到那不可言說的佐西莫斯（Zosimos），就會將它獻給他的父親。這些奇趣讓他目瞪口呆，又因為遙不可及而感到悲哀，我便想說服他自己的苦難還不是最糟的，所以我對他詳述了安特洛尼克斯（Andronicus）受折磨的細節，那是遠超過他痛苦千百倍的酷刑，我還告訴他發生在克立瑪（Crema）的大屠殺，告訴他有個囚犯的一只手，一只耳朵，和鼻子都被

〔155〕

割掉了；我讓他猶如活生生地看到某些難以形容的可怕疾病，相較之下他所罹患的痲瘋病還算是輕微的了；我爲他描述淋巴結核，丹毒，舞蹈病，帶狀皰疹，和被狼蛛咬是多麼駭人，讓你不停地搔抓皮膚，皮膚一塊一塊如鱗片脫落的疥瘡，眼鏡蛇的毒液，乳房被切除的聖阿嘉莎（Saint Agatha），眼睛被挖出來的聖露西（Saint Lucy），被亂箭刺穿身體的聖賽巴斯蒂安（Saint Sebastian），腦袋被石頭打碎的聖斯蒂芬（Saint Stephen），被放在烤架上用小火慢烤的聖勞倫斯（Saint Lawrence），我還編造了遭遇其他暴行的聖人，例如被人用刺杆從肛門貫穿至嘴巴的聖烏斯濟諾（Saint Ursicinus），慘遭剝皮的聖薩拉皮翁（Saint Sarapion），四肢被綁在四匹馬身上，然後被卸成四塊的聖莫素式亞（Saint Mopsuestius），被灌下滾燙樹脂的聖德拉康提烏斯（Saint Dracontius）……在我看來，這些可怕的暴行似乎讓他舒坦了一些，但我又擔心自己過分誇大，所以我接下來開始描述這個世界的美妙之處，大多是一個囚犯的自我安慰：巴黎女孩的優雅姿態，威尼斯妓女慵懶、豐滿的美麗，皇后無可匹敵的紅潤肌膚，柯蘭迪娜（Colandrina）孩子般的笑聲，一位遠方公主明亮的雙眸。他變得興奮起來，要求我告訴他更多細節，他想要

〔156〕

知道的黎波里公爵夫人梅莉森達（Melisenda）秀髮的模樣，那些豐滿美人的雙唇是如何誘惑布洛斯里昂德（Broceliande）的騎士，讓他們忘了聖杯。他越聽越興奮；上帝原諒我，我相信他勃起了一兩次，並得到了射精的快感。接著，我試著讓他理解，這個世界充滿了散發出淡淡氣味的香料，但既然我身上沒有半點香料，我便試著回憶我所知道的所有香料，以及我只認識名稱而從未嗅聞的香料，這些詞句就像香水一樣讓他迷醉，而爲了幫助他抒解痛苦，我列舉了雪花石膏，焚香，甘松，枸杞子，檀香，蕃紅花，薑，小豆蔻，山扁豆，莪術，月桂，馬鬱蘭，胡荽，蒔蘿，百里香，丁香，芝麻，罌粟，肉豆蔻，香茅，薑黃，茴香。執事瀕臨昏厥地聽著，他碰了碰自己的臉頰，彷彿他那可憐的鼻子無法再承受如此多的香味一般；他邊哭邊問說，那些該死的閹人以痲瘋病作爲藉口，到現在爲止都給他吃了些什麼，他們只給他山羊奶和浸泡在布爾克裡的麵包，並告〔157〕訴他這些食物對痲瘋病患的好處，所以他整天昏頭昏腦，日復一日，睡覺的時候嘴裡都是相同的氣味。[29]

珍寶館和博物館

一份博物館目錄是實用名單的最佳範例，這份名單指示了存在於預先決定好場所的物品，因此，這是一份有限的名單。不過，我們該如何思考一個博物館「本身」，或者任何一種收藏？除了某些較極端的稀少案例，像是包含某類型「所有」物品的收藏（例如，某個藝術家的所有〔眞的是所有〕作品），收藏永遠都是開放的，永遠會因爲加入某些其他元素而增加其數量，尤其那些目的是累積和增加至無限多的收藏——例如羅馬貴族、中世紀領主，和現代博物館的收藏。雖然一間博物館會展示出相當多數量的藝術收藏，但人們總有一種印象，就是博物館的收藏品比實際展出的還要多很多。

除了高度專業的案例外，收藏總是處於一種極度不平衡的臨界狀態。一個不了解我們的藝術概念的外星人一定會覺得奇怪，爲什麼羅浮宮會收藏一些日常使用的小玩意〔158〕兒，像是花瓶、盤子、鹽罐，女神雕像例如米羅的維納斯（Venus de Milo），風景畫，一般人的肖像，陪葬的物品和木乃伊，怪物的畫像，神像，人們受到折磨的影像，戰爭的畫像，意在引發情慾的裸體雕像和畫像，以及考古發現。

因爲博物館收藏的物品實在是各式各樣，所以只要想像在夜晚被這些東西包圍，就讓人覺得挺恐怖的。而隨著這些收藏物品的數量及不平衡感的增加，人們的不安感也倍增。

當我們無法辨識出收藏物品是什麼時，即使是現代博物館也會做出與十七和十八世紀自然科學博物館先驅一樣的事情，那就是「珍寶館」（Wunderkammern）——「驚奇櫃」，或是「珍奇櫃」——人們試圖將所有已知的物品做有系統的分類，並集合在一起展示，而其他看起來很異常，或從沒看過聽過的東西（包括一些奇異的物品和令人吃驚的東西，例如鱷魚的填充玩具）則會被掛在整棟建築物的拱心石上頭。這種類型的收藏都受到精心保存，例如在聖彼得堡，彼得大帝（Peter the Great）那些畸形胚胎的收藏就是如此。在佛羅倫斯，史貝科拉博物館（Museo della Specola）的蠟像收藏包含解剖學奇〔159〕觀，人體內臟的超現實傑作，以及赤裸裸暴露在眼前的內臟，整體呈現出和諧的色調，從粉紅到暗紅，接著到棕紅的腸子、肝臟、肺部、胃部，和脾臟。

「珍寶館」的收藏目錄內還有大量的圖畫和蝕刻畫。有一些珍寶館是在數百個小架子上擺放石頭、貝殼，稀有動物的骨頭，還有標本師的傑作（這些標本師可以製造出從未存在的生物標本）。其他珍寶館就像袖珍物品的博物館，將櫥櫃分隔成一個一個小小的隔間，擺在裡頭的物品和它原本的背景隔離開來，猶如在訴說一個無意義又不平衡的故事。

從一些有插圖的目錄中，例如一六七八年由德塞比布斯（de Sepibus，1678）所編撰的《名人博物館》（*Museum Celebrrimum*），和一七〇九年由博納尼（Bonanni，1709）所編撰的《珂雪博物館》（*Museum Kircherianum*），我們知道阿納塔斯・珂雪神父在羅馬學院的收藏品包括了古代雕像，異教的膜拜偶像，護身符，中國神像、獻祭台、兩面刻有五十個梵天化身的板子、提燈、搖鈴、印章、釦子、手環、紙鎮、鐘，還有在表面自然形成奇異圖像的石頭和化石，以及從世界各地收集而來，充滿異國風格的物品，其〔160〕中包括巴西原住民的腰帶，上頭綴滿他們吃掉的牲品的牙齒，異國鳥兒和其他動物的標本，一本來自馬拉巴（Malabar），用棕櫚葉做成的書，土耳其的工藝製品，中國的天秤，野蠻人的武器，印度的水果，埃及木乃伊的一隻腳，從四十天到七個月大的胚胎，老鷹、戴勝鳥、喜鵲、歌鶇、巴西猴、貓和老鼠、鼴鼠、豪豬、青蛙、變色龍，和鯊魚的骨架，以及海洋植物、海豹的牙齒，鱷魚、犰狳、狼蛛、河馬的頭、犀牛角，用香脂溶液保存在瓶子裡的大狗，巨人的骨頭，樂器和數學儀器，永恆運動的實驗裝置計畫，自動裝置和其他阿基米德及亞歷山卓的希倫（Heron of Alexanderia）所設計的機械裝置，耳蝸，一只小小的模型象擺在八角形反射鏡中間，反射出來的多重形象能「重現所有在亞洲和非洲的象群」，液壓機械，望遠鏡以及觀察昆蟲的顯微鏡，地球儀、渾天儀、星盤、球體投影圖，日晷的、水力的、機械的和磁力的時鐘，透鏡、沙漏、測量溫度和濕度的儀器，幾幅圖畫描繪著山脈和斷崖，山谷裡蜿蜒的河道，樹林的迷宮、浪花、漩〔161〕渦、山丘、建築透視圖、廢墟、古代紀念碑、戰役、大屠殺、決鬥、勝利、宮殿、聖經神話故事，和神祇肖像。

我在想像《傅科擺》中的一個角色徘徊於巴黎國立工藝博物館的無人走廊時，我覺得很愉快，這個博物館的收藏品以科技的歷史爲主，其中包含很多已被淘汰的器械，而訪客也不清楚這些器械的功用究竟是什麼，因此整個博物館看起來就像是巴洛克時期的珍寶館一樣。這景觀帶給訪客一種受到不知名機器怪物威脅的感覺，也讓那充滿幻覺的腦袋爆發出一連串被害妄想般的幻想：

在地板上，放置了一系列的交通工具：腳踏車、無馬的馬車、汽車；還有飛機自天花板上垂掛下來。有些物件完整無缺，然因歷時已久而斑剝、腐蝕，且在自然光線和電燈光線的不明交融下，似乎如覆蓋了一層古舊小提琴的上光漆，發出綠鏽色的光亮。其餘的則只剩骨架或底盤，還有像會帶給人無限折磨的曲柄和鐵桿。你想像自己被鍊在一鐵架上，某物不斷地刺進你的肉，直到你招供爲止。

這一系列的古董機器——原是可動的，而今則是不可動的，靈魂皆已銹掉了，成爲〔162〕某種科技榮耀的樣本，熱切地向參觀者誇耀，以得到他們的敬意——在它們的後方，便是唱詩班席次所在，左邊立著巴特勒迪（Bartholdi）爲另一個大陸所設計的自由女神的縮小比例模型，右邊則是一尊巴斯可（Pascal）的雕像。在這裡，搖晃的擺被一精神錯亂的昆蟲學家的惡夢所包圍；各式各樣的螯、下顎、觸鬚、昆蟲的體節，和翅膀——看起來像是似乎隨時都可能再開始運作的機械屍體的墓園——磁力發電機、單相變壓器、渦輪機、變流器、蒸汽引擎、發電機。在後側，經過擺之後的迴廊，則安歇了亞述人、迦勒底人和迦太基人的偶像——腹部在許久之前曾發出熾紅光芒的太陽神（Baals），心臟部位佈滿指甲搔刮痕跡的鐵處女（Nuremberg Maidens）：這些都曾是飛機引擎。現在，它們形成一圈可怕的幻像，默默地崇拜著擺；這就好似理性和啓蒙時代的產物被貶斥爲永遠守衛著傳統與智慧的至高象徵。

……

下樓去。快行動……爲了這個，我等了好幾個鐘頭，現在終於可以這麼做了，且這麼做也較明智，我卻感到動彈不得。我必須在黑暗中穿行過不同的房間，只有在必要時才使用我的手電筒。從大窗子透進來一點稀疏的夜光。我曾想像博物館在月光的照射下顯得陰森可怖；我錯了。只有玻璃櫥窗反射外面透進的一絲亮光，此外別無其他。如果我不謹慎行動，我可能會摔倒在地，弄翻什麼東西，打破玻璃或弄響什麼金屬。我偶爾〔163〕會打開手電筒，再將它關熄。我慢慢前行，覺得好似在看瘋馬秀（Crazy Horse）。手電筒突然發出的亮光照出一片赤裸景色，但不是裸露的身體，而是螺絲、螺絲鉗、鉚釘。

萬一我突然遇到一個活人，一個「世界之王」的特使，和我一樣也在匍匐前進呢？誰會先叫出聲來？我駐足傾聽。一無聲響。我漫步滑行，未發出一點聲音。他也一樣。

那天下午，爲了能夠在黑暗中找到大樓梯，我已細心研究過房間的排列。然而我卻仍在徘徊，摸索。我失去了方向。

或許我是在繞圈子，又一次走過同一個房間；說不定我永遠也走不出這個地方了；也許這樣在無意義的機器中摸索便是一種儀式。

……

傅洛門（Froment）的馬達：放在一菱形底部上的垂直結構。就像露出肋骨和內臟的解剖人型一般，這馬達也露出了一連串的捲輪、電池、斷路器——教科書上是怎麼叫它們來著？——而且是由齒輪轉動的傳動帶驅動……這玩意兒是做什麼用的呢？答案：測量大地雷流（telluric current），當然了。

蓄電器。它們是蓄什麼的呢？我想像三十六個如固執祕書的隱匿者（執守著祕〔164〕密），整夜敲著字鍵，試圖自這機器製造出一點聲響，一點火花，他們想要發出海岸對海岸的談話，從深淵到地表，從馬丘比丘到亞法隆（Avalon），來吧，來吧，喂，喂，喂，帕米西爾（Pamersiel）[30]，帕米西爾，我們查到一點震動，潮流穆三十六號（current *Mu 36*），被婆羅門視爲上帝之呼吸而崇拜著，現在我要把電流接通了，也就是閥，所有大小宇宙的電流操作，所有在地殼下顫動的曼陀羅花根，你聽到宇宙共振，不停地播放。

……

當他們操作這些希臘十字形的僞熱力電子微細管時——葛拉蒙必會如此名之——不時會有人發明，例如，一種疫苗，或是一種電燈泡，金屬奇妙歷險中的一種勝利，可是眞正的任務卻是極不同的：他們在午夜裡聚集於此，轉動杜克勒提（Ducretet）的這部靜電機器，一種看似彈子盒的透明輪盤，裡面是由弓形棒支撐的兩個振動的小球，兩球相撞時便會有火花飛舞，而法蘭克斯坦博士（Dr. Frankenstein）希望賦予他的人偶生命，可是不對，那信號還有另一個目的：挖，挖吧，老鼴鼠……

一架縫衣機（還會有什麼呢？是那些蝕刻廣告之一，另外還有隆乳藥丸，以及爪子抓緊補藥飛過山區的大老鷹，征服者羅比爾[Robur le Conquérant][31]），可是當你將它開〔165〕動，便轉動了一個輪子，輪子轉動一條捲線，而捲線……捲線有什麼作用呢？誰在聽這條捲線呢？牌子上說：「自地下引出的電流」。無恥！甚至連下午來訪的孩子們也讓他們讀！……

我自旁邊走了過去。我想像自己不停地縮小，如螞蟻般渺小，在機械都市街道上一個茫然的行人，四周皆是金屬大樓。汽缸、電池、萊頓瓶，一個疊著一個，如旋轉木馬般的離心機，形狀似止血帶，產生電力相斥和相吸反應的裝置，一個引發交感電流的不可思議物體，九個整齊排列如廊柱，發出火花的真空管，電磁體，斷頭臺，在中央（看起來像一部印刷機）則有由鐵鍊掛下的鉤子，如馬廄中所掛的那一種。一部好似可以把手或頭壓碎的壓榨機。一個有打氣幫浦、兩個汽缸、一個蒸餾器的玻璃瓶，下面放有一只杯子，左側則放了一個銅質的球體。聖日爾曼便是在這裡邊爲赫塞領主調製染料的。

一條管子旁列兩排小沙漏，每排十個，細長的瓶頸如莫狄里安尼（Modigliani）[32]筆下婦人的頸子般纖長，裡面放有看不出是什麼的東西，而每一個鼓起的上部大小皆不相同，如快要飛起的氣球。明眼人都看得出來，這裝置是爲了製造瑞比斯（Rebis）[33]而做出來的。

然後便是玻璃器皿館了。我已重循舊跡。綠色小瓶子：一個虐待狂的主人敬我以最精純的毒藥。製瓶子的鐵鑄機器，由二個曲柄開闔。若是不放瓶子，而把手放進機器裡呢？嘎！那些大型的鉗子、剪刀，那些可以探進括約肌和耳朵內的手術用彎曲小刀，探〔166〕進子宮取出仍活著的胚胎，與蜂蜜和胡椒一起研磨，以一飽亞斯塔蒂（Astarte）[34]的胃口……我現在正穿行的房間有許多大木箱，還有可讓螺絲錐無情地移向受害者眼前的按鈕，陷阱與鐘擺（Pit and Pendulum）[35]。我們已接近於諷刺畫了，到魯伯·戈德堡（Rube Goldberg）[36]的荒謬而奇妙的機械，大彼特（Big Pete）綁住米老鼠的刑架，三檔外側的齒輪，布蘭卡（Branca）[37]，拉梅利（Ramelli）[38]，宗卡（Zonca）[39]，文藝復興機械的勝利。我知道這些儀器都已備妥，等待著信號，一切盡入眼簾，「計畫」是公開的，只是沒人會猜想得到，機器的吱嘎響聲會高唱征服之曲，縱情狂歡的嘴，關闔精確的牙齒，唱出一陣陣滴答抽動聲。

我終於來到爲艾菲爾鐵塔所設計的火光傳導機，在法國、突尼西亞，和俄國之間，在聖殿騎士團、波利西安教派（Paulicians），和費滋刺客（費滋[Fez]並不在突尼西亞，而且刺客集團又是在波斯，但既然你是活在超驗時光的糾結中，那麼就不用計較這些枝微末節了）之間傳達時間信號。我曾見過這部巨大的機器，高過於我，四壁穿有一系列的汽門、空氣管。解說牌上說這是無線電裝置，可是我知道沒那麼簡單，我在同一天下午便已經過它了。波堡（Beaubourg）！〔167〕

人人都看得見。就此而言，這個位於曾是巴黎腹地之路底提亞（路底提亞[Lutetia]）[40]，地底泥海的通氣管）中心的大盒子，其眞實目的究竟爲何？那些通風口是有強勁吸力的長管，瘋狂的管子，線管，戴奧尼索斯之耳敞向天空去吸取聲響、信息、信號，再將它們送到地心，然後再吐出來自地獄的訊息來。先是實爲實驗室的工藝館，然後是實爲探針的鐵塔，最後是波堡——全球的發送機和接收機。他們設立杯形的吸引器，眞只是爲了一群披頭散髮、身有異味、頭戴日本耳機的學生聽最新的唱片之用的嗎？人人都看得見。波堡，通往地底王國艾佳沙（Agartha）的大門，共同統治復甦聖堂（Resurgentes Equites Synarchici）的紀念碑。其餘的——兩億、三億、四億人，不知究竟，或強迫自己望向他處。[41]

屬性名單的定義對本質名單的定義

荷馬將阿奇里斯的那塊盾牌描述爲一個形式，是因爲他很清楚當時的人在社會中是如何生活的。他只是列出一些戰士的名字，因爲他不知道確切數目究竟有多少。因此，有人可能會認爲形式是成熟文化的特徵，該文化非常了解他們所成功探索並定義的世界，而名單是原始文化的典型特色，他們尚無法精確掌握對宇宙的印象，並試圖盡其所能地分條列舉所知的屬性，且尚未替這些屬性建立任何階級關係。從某些檔案看來，上述是事實，然而在中世紀時，名單又再度出現了（當時大部頭的《總論》[*Summae*]和百科全書宣稱能爲物質和精神世界提供一個決定性的形式），文藝復興和巴洛克時期也有名單（當時新的天文學形式即爲世界的形式），現代和後現代世界的名單尤其多。現在讓我們回頭來思考一下問題的第一部分。

自古希臘以來，所有哲學家和科學家的夢想，都是可以用本質來了解和定義所有事物。亞里斯多德開始試著這麼做，他認爲用本質爲事物做定義，就是爲某一特定族群內的某一特定個體做定義，而該族群又是某一特定種類的成員之一。[42] 現代分類學在定義動物和植物時，就是依照此相同的流程進行。當然，集合及子集合的系統是很複雜的。例如，老虎爲虎種，豹屬，貓科，裂足亞目，食肉目，眞獸亞綱，和哺乳綱。

〔169〕鴨嘴獸是一種單孔目哺乳動物（能產卵）。但自鴨嘴獸被人類發現後，過了八十年才將其定義爲單孔目哺乳動物。在這段期間，科學家必須要決定該怎麼對鴨嘴獸做分類，直到他們找出分類方法之前，鴨嘴獸一直都相當令人困擾地如此被定義：這是一種

尺寸如鼴鼠般大小，有小眼睛、鴨子嘴喙、尾巴，爪子可用來游泳和挖地洞，前腳是由蹼連結起來的四個爪子（前腳的蹼比後腳的蹼還要大），能產卵，並以乳腺哺育下一代的生物。

以上定義是非專家在看到鴨嘴獸之後所做的說明。要注意的是，藉由指出這些毫無秩序可言的屬性，非專家可以輕易就分辨出鴨嘴獸和水牛的不同——即使他們完全不懂分類科學——但是，若告訴他們，鴨嘴獸是一種「單孔目哺乳動物」，非專家恐怕就無法分辨鴨嘴獸和袋鼠的差異了。若一個孩子問母親老虎是什麼，這位母親恐怕很難回答說，老虎是屬於裂足亞目，或是裂足肉食動物，她比較有可能會告訴孩子，老虎是一種凶猛的野生動物，外貌像體型較大的貓，動作非常敏捷，通體黃色帶有黑色條紋，住在叢林裡，偶而會有吃人行爲……等等。

以本質爲事物做定義時，讓我們得考量實體的問題，而我們假定自己已了解實體的整體，例如「生物」、「動物」、「植物」、「礦物」。相反地，亞里斯多德認爲，藉由屬性做定義也是藉由偶然做定義，而偶然的數量有無限多。一隻老虎——以本質來定義的話，老虎是屬於動物界，脊索動物門——特徵是由數種動物種類的屬性來界定的，牠有四隻腳，外貌形似體型較大的貓，身上有條紋，體重約有幾磅，有相當典型的吼叫聲，壽命約有幾年。但是老虎可能也是會出現在尼祿時代羅馬競技場的一種動物，或者老虎也是在一八四六年五月二十四日時被一位英國軍官佛格森（Ferguson）打死的動物，其餘還有很多各式各樣與老虎相關的偶然特質。

事實是，我們很少以本質來定義事物，我們更常做的是列出一份屬性名單。這也是爲什麼，一份以無限多的屬性來定義事物的名單，即使多麼令人眼花撩亂，還是較爲接近我們日常生活中（不過並不是學術性科學部門的日常生活）用來定義和辨認事物的方式。[43] 累積名單和屬性名單所呈現出來的是，它們並非企圖做一部字典，而是一種百科〔171〕全書——這部百科全書永遠也不會結束，而該特定文化內成員的學識能力所能理解和掌握的內容，僅是百科全書的一部分而已。

當我們身處於一個尚未對種類和族群做出階級分類的原始文化中，我們藉由屬性來描述事物，而非以本質做定義。不過對一個成熟文化來說，他們也不會滿足於現存的本質性定義，他們想要質疑這些定義，或者試著藉由發現新的屬性，來增加百科全書內某一特定事物的知識量。

義大利修辭學家伊曼紐爾·特沙烏羅（Emanuele Tesauro）[44]在其著作《亞里斯多德望遠鏡》（[*Il Cannocchiale aristotelico*]1665）中，即提議應該要有一種象徵的模式，可以發現已知資料之間迄今爲止從未發現的未知關連。這個模式是先匯集所有已知事物，接著以象徵性的創造力來找出這些事物之間新的平行、連結，和類同關係。藉由這種方式，特沙烏羅列出了一份分類索引——這份索引看起來很像一部分量龐大的字典，但事實上卻是一連串偶然的屬性。他認爲這份索引是「眞正祕密中的祕密」（對於這「令人嘆爲觀止」的概念，他表達出一種巴洛克式的喜悅），這是一個「揭露隱藏於各種分類中的事物，並將他們做比較」不可或缺的工具。換句話說，這個方法可以挖掘出事物之〔172〕間的同類性和相似性，而若這些事物是一直被擺在原本的分類項目中，是無法發現它們及其他事物之間的同類性和相似性。

我在這裡列出特沙烏羅所做的分類名單，這份名單有可能延伸到無限多。他的「實體」名單是完全開放式的，內容包括天主、概念、傳說的諸神、天使、惡魔，和聖靈。在「天堂」的條目之下，他加入了遊星、黃道帶、蒸汽、呼氣、流星、彗星、閃電，和風。「地球」的條目下則有田野、荒地、山脈、山丘，和海岬。「物體」的條目裡則有石頭、珠寶、金屬，和草。「數學」的條目內則包含球體、圓規、方形……等等。同樣地，有「數量」的條目，「數目」的條目裡有小、大、長，和短。「重量」的條目裡則有輕和重。亦有「質量」的條目，在「視覺」的條目裡有可見和不可見，表面的，美麗的，和畸形的，清楚的和晦澀的，黑色和白色。在「嗅覺」的條目裡有芳香和惡臭。接下來還有各種條目，如「關連」、「行動與影響」、「位置」、「時間」、「地點」，和「狀態」。舉個例子，在「數量」的條目下，子條目爲「數目」，子子條目爲「小事物」，我們可以找到站在針頭上的天使，無實體的形態，球體的不動定點，頂點和底點。在「元素」的條目內，我們可以找到火花、水滴、石屑、沙粒、寶石，和原子。在「人類」的條目內，有胚胎、流產兒、侏儒，和矮人。在「動物」的條目內，有螞蟻和跳蚤。在「植物」的條目內，有芥菜籽和麵包屑。在「科學」的條目內有虛點（mathematical point），「建築」條目內有金字塔的尖端。

這個名單看似沒有任何規律和理由，很像巴洛克時期想將總體知識的內容全都濃縮起來的企圖。在嘉斯柏・肖特（Casper Schott）[45]的作品《科技奇觀》（[*Technica curiosa*]1664），和另一本探討自然魔力的著作《三世紀晚期自然魔力和藝術研究》（[*Joco-seriorium naturae et artis sive magiae naturalis centuriae tres*]1665）中，他提到一本於一六五三年寫就的書，該作者在羅馬展示一個包含四十四種基本分類的人造物：元素（火、風、煙、灰、地獄、煉獄、地球的中心），天體（星星、閃電、彩虹），智慧實體（神、耶穌、講道、觀點、懷疑、靈魂、策略，或鬼怪），世俗階級（皇帝、男爵、庶民），神職階級，工匠（畫家、水手），工具，情感（愛、正義、淫慾），宗教，聖〔174〕禮告解，法庭，軍隊，醫藥（醫生、飢餓、灌腸），野獸，鳥，爬蟲類，魚，動物的各部位，家具，食物，飲料和液狀物（酒、啤酒、水、奶油、蠟、樹脂），衣物，絲織品，羊毛，帆布和其他織料，航海（船、錨），香氣（肉桂、巧克力），金屬，硬幣，各種人造產物，石頭，珠寶，樹，水果，公共場所，重量，度量，數量，時間，形容詞，副詞，介係詞，人稱詞（人稱代名詞，例如「敬愛的紅衣主教閣下」），旅行（乾草、道路、搶匪）。

我還可以列出更多巴洛克名單，從珂雪到威爾金斯（Wilkins），一個比一個更讓人眼花撩亂。這些名單都缺少系統分類的精神，也證實了這些百科全書編撰者是如何費力想避開過時的種類和族群分類方式。46

過度

由文學的觀點來看，這些對於分類的「科學性」嘗試提供了作者們一個過度的模式，雖然有人可能會說事情正好相反，是文學的作者們向科學家提供了這個模式。確實，第一個做出這種如脫韁野馬般不受控制的名單的大師，就是拉伯雷，而他之所以會〔175〕做出這種名單，正是要來顛覆中世紀學術總論的僵化。

在這個時候，名單——在古典時期，這幾乎成爲了一種最後手段，是當言語失效時用以表達不可言說事物的方法，是一種暗示了想發現新事物的沉默願望的痛苦目錄，最後，這也是在一堆隨機的偶然事件上加諸一個秩序的形式——成爲一種表達對「畸形」的純粹熱愛的詩文。是拉伯雷首先爲了寫名單而創作出名單的詩學，也創作出第一個「過度」的詩文名單。

就是因爲出於對「過度」的喜愛，才讓巴洛克時期的寓言作家吉安巴蒂斯塔·巴西爾（Giambattista Basile）[47]在他的作品《故事的故事，或給兒童的娛樂》（*Tale of Tales, or The Entertainment for Little Ones*）中——裡頭有個故事說，有七個兄弟因爲妹妹的罪行而被變成鴿子——列入了一大堆鳥類的名字：鳶、鷹、隼、秧雞、鷸、金翅雀、啄木鳥、松鴉、貓頭鷹、喜鵲、寒鴉、白嘴鴉、椋鳥、山鷸、公雞、母雞和小雞、火雞、畫眉、鶇、燕雀、山雀、鷦鷯、麥雞、紅雀、鷽、交喙鳥、鶲、雲雀、鴴、翠鳥、鶺鴒、知更鳥、紅眉金翅雀、麻雀、鴨子、紅胸鶇、斑鳩、紅腹灰雀。也是由於出於對「過度」的熱愛，羅伯特·伯頓（Robert Burton）[48]在《憂鬱的解剖》（[*Anatomy of Melancholy*]第二卷，第二部）中，他花了數頁篇幅在形容一個醜女人，累積了數量驚人貶抑又侮辱的文字。也是因爲出於對「過度」的熱愛，吉安巴蒂斯塔・馬里諾在《阿多尼斯》第十部中，以如洪流般傾洩的大量詩行形容人類運用靈敏頭腦的成果，「星盤和年曆，陷阱，銼刀和撬鎖工具，籠子，精神病院，戰袍，護殼與麻袋，迷宮，錘規和水準儀，骰子，紙牌，球，棋盤和棋子和響板和滑輪和螺絲鑽，捲線，捲軸，繩環，時鐘，蒸餾器，醒酒器，風鼓和坩鍋，瞧，有袋子和裝滿空氣的氣泡，鼓漲的肥皂泡，高聳的煙雲，蕁麻葉，南瓜花，綠色和黃色的羽毛，蜘蛛，聖甲蟲，蟋蟀，螞蟻，黃蜂，蚊子，螢火蟲和蛾，老鼠，貓，蠶，還有千百萬種各式各樣的裝置和動物；在這數量龐大的群集裡，你可以看到上述的一切事物，以及各種奇怪的幻象。」49 〔176〕

就是因爲對「過度」的喜愛，維克多・雨果在《九三年》（第二部，第三章）裡，爲了描述參與共和會議的人數有多龐大，他連續寫了好幾頁的人名，讓這一份檔案名冊變成讓讀者暈頭轉向的閱讀經驗。過度膨脹的名單和數量龐大的名單，到後來自己也會變成一種過度和浪費的象徵。

無邊無際並不會看起來不協調，一個名單的內容可能會過多（例如高康大所玩的遊戲的名單），卻前後一致（遊戲的名單是邏輯性地列舉出人在消遣時間會做的事情）。所以，有「具有一致性的過度」名單，也有些名單雖不是過度地長，但刻意避免呈現名單中所列事物之間的明確關連，這種名單正是「混亂的列舉」（chaotic enumeration）的例證。[50] 〔177〕

或許最能成功將過度與協調融合在一起的名單，是左拉在《莫瑞神父的罪過》（*La Faute de l'Abbé Mouret*）一書中描述帕拉度（Paradou）花園裡花朵的名單。而完全混亂的名單的案例，則可以看看柯爾．波特（Cole Porter）[51]如何在他的歌曲《你是最棒的！》（*You're the Top!*）中列舉了各種名稱和事物：競技場、羅浮宮、史特勞斯交響曲裡的一段旋律、班德爾帽（Bendel bonnet）、莎士比亞的十四行詩、米老鼠、尼羅河、比薩斜塔、蒙娜麗莎的微笑、莫罕達斯．甘地、拿破崙白蘭地、西班牙夏夜的紫光、國家美術館、玻璃紙、火雞大餐、柯立芝（Coolidge）美元、弗雷．亞斯塔（Fred Astaire）[52]靈巧的舞步、歐尼爾（O'Neill）[53]的戲劇、惠斯勒的母親（Whistler's Mother）[54]，卡門貝乳酪、玫瑰、煉獄裡的但丁、都雷特（Durante）[55]的鼻子、峇里島的舞蹈、熱騰騰的玉米粉蒸肉、天使、波提切利（Botticelli）、濟慈（Keats）、雪萊（Shelly）、阿華田、浪濤澎湃、越過梅・蕙絲（Mae West）[56]肩膀上頭的月亮、華爾道夫沙拉、柏林芭蕾舞，在 〔178〕
昏昏欲睡的須德海（Zuider Zee）上滑過的一艘船、荷蘭的大師級畫家、阿斯特子爵夫人（Lady Astor）[57]、花椰菜、羅曼史……然而這份名單還是有某種一致性，因爲波特所列出的都是他認爲就跟他所愛之人一樣美好的事物。我們可以批判他名單內缺乏所列事物的價值判斷，卻不能批判他的邏輯。

混亂的枚舉跟意識流是不一樣的。喬伊斯所呈現的內在獨白是一種完全不規則元素的純粹集結，除了一件事實，就是爲了讓意識流的陳述成爲一個完全的整體，我們會假設這些陳述都是出自同一個角色的意識，一段接一段地，以作者不需要說明的方式去將這些意識連結起來。

托馬斯・品瓊（Thomas Pynchon）[58]在《引力之虹》（*Gravity's Rainbow*）的第一章裡形容提倫・史洛斯洛普（Tyrone Slothrop）的書桌，肯定也是一種混亂，但他的描述方式一點也不混亂。同樣地，《尤利西斯》中布盧姆對混亂廚房的描述方式也並不混亂。我們很難說喬治·佩雷克（Georges Perec）說明他花了一天在巴黎的聖敘爾皮斯廣場（[Place Saint-Sulpice]出自《巴黎某地記實》[*Tentative d'épuisement d'un lieu parisien*]）所看見的事物，究竟是具有一致性還是混亂的。這個名單一定是隨機採用，且毫無章法。毫無疑問地，在那一天，廣場上一定還發生數以千計佩雷克沒注意到也沒記錄下來的事件。但另〔179〕一方面來說，名單中包括所有佩雷克所注意到的事物這件事，也讓人不得不狼狽地承認這確實具有某種同質性。

我們也可以將阿爾弗雷德·德布林（Alfred Döblin）[59]在《柏林亞歷山大廣場》（*Berlin Alexanderplatz*）一書中對屠宰場的描述，加入過度但具有一致性的名單中。基本上，我們可以將這段描述視爲有秩序地說明一個處理設施，以及在裡頭執行工作的各種程序，然而讀者卻很難從中看到該設施的格局爲何，以及一連串行動之間的邏輯連結性，其中還摻雜了大量密集的細節，數字資料，大片大片的鮮血，和一群驚恐不已的豬隻。德布林筆下的屠宰場很可怕，因爲他所塞入的大量細節嚇壞了讀者。任何可能的秩序都被瘋狂獸性所帶來的非秩序給擊碎——這預言式地暗示了未來屠宰場的狀況。

德布林對屠宰場的形容就像品瓊對史洛斯洛普的桌子的形容：用一種非混亂的方式去呈現一個混亂的狀態。就是這種僞混亂的名單，引發我寫出《波多里諾》第二十八章的靈感。

波多里諾和他的友人正前往傳說中祭司王約翰的國度。他們突然遭遇森巴帝翁河（Sambatyon），根據希伯來傳說，這是一條沒有水的河流。河裡只有砂石的激流，而且〔180〕發出震耳欲聾的聲響，即使隊伍還在離河流一天路程的距離之外都聽得到聲音。這條土石河流只在安息日才會停下，只有安息日，人們才有辦法跨越河流。

我想像一條滿是石頭的河流應該會是相當混亂的場面，尤其這些石頭各有各的尺寸、顏色，和硬度。我在普林尼的《博物誌》中找到一份令人驚嘆的名單，裡頭包含各種石頭和礦物，這些物質名稱的音韻猶如一場演奏會，讓這份名單變得更「悅耳」。以下是我名單中的一些樣本：

那是石塊和河泥混在一起的驚人岩流，沒有止歇的流動。我們可以在湍流當中看到笨重的岩石、不規則的石板，而且銳利如刀鋒、大如墓誌板，中間還摻雜著礫石、化石、尖石、卵石和錐石。岩流向前推進的速度就像遭狂風吹襲一般，石灰的碎片層層翻滾，巨大的斷層立面被推擠爬升；由於衝力減小了，石塊躍過岩流，而被岩塊磨得光滑渾圓的石塊滿天飛跳，在清脆的撞擊聲中掉落，然後被吞噬石塊自己製造出來的漩渦當中，撞擊，擠壓。在層層堆疊的礦石上方形成了沙塵的氣流、白堊的風暴、火山礫的雲霧、浮石的泡沫和污泥的溪流。石膏四處噴濺，炭雹也紛紛掉落在河岸上，他們一行人有的時候甚至必須遮住臉孔，才不會造成顏面受傷。

……

從第三天開始，他們就看到地平面上出現了一排高不可攀的山峰，山峰陰森地逼近旅行者們，遮擋住眼前的天空，他們進入一個越來越狹窄而沒有出口的山谷，只看到遠遠的上方懸掛一大片漂泊黯淡的雲朵，啃噬著山脊。他們在猶如兩座山之間的傷口般的裂縫看到了森巴帝翁河：攪動的沙礫、汩汩奔流的灰岩、濕答答的污泥、碎片撞擊的清脆聲響、凝結土塊的隆隆聲、溢洩的泥塊，雨水般濺落的黏土，一點一點地轉變成恆常的流動，然後開始流入無垠沙洋的旅程。他們一行人用了一天的時間試圖繞過群山，往上游地帶找出一條通道，但是卻徒勞無功。

……

他們決定沿著岩流……經過將近五天晝夜令人窒息的旅行之後，他們發現澎湃而持續的隆隆聲出現了一些變化。岩流的流動速度加快；岩流內有一股不可見的洪流，速度之快足以輕易拖動玄武岩的碎塊，他們聽見遠方傳來陣陣如雷般的聲響……接著，森巴帝翁河在越來越洶湧的狀況下，開始分成不可勝數的湍急細小支流，這些小支流穿入傾斜的坡面之間，像陷入一大塊凝結污泥當中的手指；有的時候，岩流會被坑洞吞沒，接著從看似無法通行的岩道上發出咆哮似的聲響，憤怒地噴發出來，朝著山谷的方向前〔182〕進。因爲河岸被一陣花岡岩的漩渦重擊，他們無法接近，不得不繞一個大圈子，攀上一塊小平台，而突然之間，他們看到腳下的森巴帝翁河像是被地獄般的深淵吞噬一樣消失無蹤。瀑布從排列猶如圓形劇場屋簷的岩石邊緣掉落，落入下方無窮盡的終極漩渦中，傾洩不斷的花岡岩、攪動的瀝青、捲起暗潮的明礬石、翻騰的頁岩，以及撞擊陡峭河岸的雌黃。漩渦宛如朝天空直衝而上，但對於猶如站在塔頂上往下看的幾個人來說，漩渦還是位於低處，陽光在這些矽質奔流上形成了一道巨大的彩虹，由於每一種礦體依照個別的本質反射出不同的光彩，所以彩虹的顏色較平日風雨後所見的更爲繁多，且有別於一般彩虹的是，看起來似乎注定永久閃耀、永不消散。那是熾鐵礦和辰砂的紅彩，鋼鐵一般的黑色閃光，飛散雌黃碎片的黃色到亮橘色，杏果的青藍、燒灼貝殼的白，孔雀石的翠綠，密陀僧褪色的橙黃，耀眼的雄黃，一團噴濺的暗綠色泥漿褪爲綠松石的粉末，再轉變爲靛藍和紫色等細微不同的色調，硫化錫輝煌的金色，焚燒鉛粉的紫紅，柏脂的火黃，陶土河床的銀色，雪花石膏的透明無瑕。這樣的撞擊聲中完全聽不到說話的聲音，此外，他們一行也沒有人想要說話。

他們目擊了森巴帝翁河的垂死掙扎，由於必須消失於地底下而狂怒，並在表達自己無能爲力的吱嘎響聲中，試圖帶走周遭的一切。[60]

也有些名單由於過度的忿怒、憎惡、仇恨，和一連串羞辱話語的宣洩，而變得混亂不堪。最佳例證就在《爲大屠殺做的小曲子》（*Bagatelles pour un massacre*），賽利納（Céline）[61]爆出一連串的辱罵——這一次不是針對猶太人，而是蘇聯：

碰！啪瘩碰！他們在那裡探東探西！傲慢的傢伙！去你媽的上帝！……四億八千七百萬！這些不知道在做什麼哥薩克人！這個？這個？那個？斯洛伐尼亞人全都得性病！這個！從斯拉夫哥特的波羅的海到白色的黑色公海？怎麼著？巴爾幹人！骯髒齷齪！跟黃瓜一樣爛光光！……到處拉臭屎的傢伙！老鼠屎！我連屁都不鳥……我他媽誰都不鳥！我要離開這個地方，超級討厭！一坨牛糞！大得不得了！伏爾加羅諾夫！……韃靼一樣的蒙古人！……可恨的斯達漢諾夫運動！亞賽利可夫！四萬俄里……滿是乾屎的大草原，札畢斯拉瑞登就藏在這兒！我已經碰見所有維蘇威人的媽媽了！洪水！……發黴的廁紙！沙皇的便桶裡就裝著你跟你那骯髒腐爛的屁眼！……史達鄙林！陽痿的人渣！……跨貝里亞！[62]

混亂的列舉名單

我們似乎很難將所有的列舉都定義爲一種混亂，因爲，就某個角度來說，所有的列舉都具有某種一致性。就算有一份名單將掃帚，一本蓋倫（Galen）傳記的不完整版本，一個保存在酒精裡的胚胎，和一把雨傘跟一個解剖台（引用自特洛雷阿蒙[Lautréamont][63]）擺在一起，都不會令人感到不協調。讀者應該可以知道，這是一份保管醫學院物品的地窖存貨清單。一份包含耶穌、儒略·凱撒、西塞羅、路易九世、林肯、希特勒、墨索里尼、甘迺迪，和薩達姆·海珊的名單，是具有同質性的集合體，因爲我們注意到名單上的人全都死於非命。

若想找到眞正的混亂列舉名單（這種名單預料到令人混亂不安的超現實主義名單的出現），我們得來看看韓波（Rimbaud）的詩《醉舟》（*Le Bateau Ivre*）。事實上，有件事和韓波相關，那就是有學者提出連接詞的列舉和轉接詞的列舉的差異。[64]我之前所列的所有例子全都是連接詞的列舉：這些名單全都依靠一個特定的語言宇宙，並以此爲基準，讓名單內每一元素都能取得某種相互的平衡性。相反地，轉接詞列舉呈現令人不安的感覺，猶如折磨精神分裂患者的某種經驗，他意識到一連串不同的印象，卻無法將印象統整起來。里奧·史賓瑟（Leo Spitzer）就是被轉接詞列舉的概念引發了靈感，而發展出他對於混亂的列舉的概念。[65]事實上，他就舉了韓波《彩畫集》（*Illuminations*）的其中一些詩行作爲說明例證：〔185〕

林中有一隻鳥，牠的鳴唱招你駐足，讓你羞愧臉紅。
有一座大自鳴鐘，不再報時。
有一個泥坑，一窩白毛獸物築巢其中。
一座大教堂在下沉，一泓湖水在上升。
小車一輛遺棄在低矮的樹林裡，或沿著小路急馳而下，車上掛滿了彩飾。
有一隊上妝的劇團演員走過大陸，從樹林邊的大路上就可以看見。

最後，你飢餓難耐，每逢這樣的時刻，準有人把你一腳踢開。66

文學已經提供了豐富的混亂列舉的案例，從巴勃羅．聶魯達（Pabolo Neruda）到賈克．普維（Jacques Prévert）67，還包括卡爾維諾的《宇宙連環圖》（*Cosmicomics*），在書中他形容地球表面是由流星碎屑隨機組成的。卡爾維諾自己稱他的名單是一個「荒謬的大雜燴」，並說明，「我有個有趣的想像，那就是在這些非常不協調的物品之間具〔186〕有某種神祕的關連性，至於這關連性的本質是什麼，我只能用猜測的了。」68但毫無疑問地，在所有不協調名單中最刻意製造混亂的就是一本標題爲《天朝仁學廣覽》（*The Celestial Emprium of Benevolent Knowledge*）的中國百科全書內的一份動物名單，這份名單是由波赫士創造，後來米榭．傅科在《事物的秩序》（*The Order of Things*）開頭的前言也提起這份名單。這部百科全書將動物分類爲：(a)屬於皇帝的，(b)經過防腐處理的，(c)受過訓練的，(d)乳豬，(e)人魚，(f)神話和傳說裡的生物，(g)流浪狗，(h)屬於此分類的，(i)像瘋了一樣顫抖的，(j)數不清的，(k)用非常細緻的駱駝毛筆畫出來的，(l)諸如此類的，(m)打破花瓶的，(n)從遠處看來像蒼蠅的。[69]

我們思考了幾個具有內在一致性的過度名單和混亂列舉的幾個例子之後，並將其與古代的名單做比較，我們了解到這些名單展現出一些不同的東西。我們看到，荷馬之所以沒有繼續寫名單，是因爲他缺乏能充分掌握主題的文字，之後，不可言說的文學傳統掌控了詩文名單好幾世紀。但我們只要看看喬伊斯和波赫士所列出的名單就可以發現，〔187〕他們之所以會列名單，並不是因爲他們不知道該說些什麼，而是出於對過度的熱愛，一種近乎傲慢的衝動，以及對文字，對多元和無盡的歡快（近乎執著）科學的貪得無厭。名單變成一種讓世界重新洗牌的方式，也幾乎實踐了特沙烏羅的方法，那就是藉由累聚各種屬性，自各種不同事物中找出新的連結關係，並且對視爲常識的舊連結關係提出質疑。如此一來，混亂名單就成爲幾種打破既定形式的新意識型態的模式，例如未來主義、立體主義、達達主義、超現實主義，和新寫實主義。

此外，波赫士的名單不只挑戰了所有協調性的準則，也刻意演示出集合理論的悖論。事實上，他的名單抗拒任何一種協調性的合理準則，因爲沒有人能理解他爲什麼會將「諸如此類」這個項目擺在名單的「中間」，而不是作爲附加元素擺在名單的最後。問題不只是這樣而已。這份名單眞正讓人困擾的地方在於，在分類的項目中，還包含了一個「屬於此分類的」。一個學數學邏輯的學生可以立刻辨識出，這是年輕的伯特蘭・〔188〕羅素（Bertrand Russell）在反駁弗雷格（Frege）時提出的悖論公式：若一個集合不包含自己在內時，它就是一個正常集合（貓的集合並不是一隻具體的貓，而是一個概念），而若一個集合包含自己在內的話，它就是一個非正常集合（一個概念的集合是一個概念），那麼，我們該如何定義「一個所有正常集合的集合」？如果該集合是正常的，那麼這就是一個不完整的集合，因爲它並沒有將自己包括在內。如果這是一個非正常集合，就會變成一個非邏輯性集合，因爲在所有正常集合當中，出現了一個非正常集合。波赫士的分類就是在玩弄這個悖論。這份動物名單是一個正常集合，因此不能將自己包括在內。可是波赫士的名單確實將集合自身包含進去，或者這份動物名單是一個非正常集合，但名單會變得不協調，因爲在動物當中會出現一個不是動物的東西——亦即該集合本身。

我在想，我是否眞的曾創作出一份「眞正的」混亂名單。爲了回答這個問題，我該說，只有詩人才能寫出眞正的混亂名單。小說家必須要呈現出來的，是在特定的時間、地點發生了什麼事，這麼一來，他們總得創造出一個框架，在此框架內，所有不協調的事物都會被用某種方式和彼此「黏在一起」。以下我會提出《羅安娜女王的神秘火焰》〔189〕主角亞姆柏（Yambo）的一段意識流描述爲例。亞姆柏喪失了他的個人記憶，只剩下文化記憶，雖然他無法想起任何有關自己和家人的事情，他卻對這文化記憶異常著迷。有一回，他在某種神迷錯亂的狀態中，創作出將各種不同詩詞文句集合起來，且不協調至極的拼貼名單。這份名單確實很混亂，因爲我正是想引發這種精神錯亂的感覺。但若主角的精神狀態是混亂的，那麼我的名單會顯得更混亂，因爲我正是刻意要呈現出心靈心力交瘁的樣貌：

我摸了摸幾個小孩，聞了聞他們的氣味，我沒辦法分辨出那是什麼味道，只能說那氣味很柔和。我想起了一句話，「清新的香氣猶如孩子的身體」[70]。而確實我的腦子並非一片空白，那裡頭塞滿了不屬於我的記憶開始如漩渦般飛散；在我們人生旅程的半途[71]，侯爵夫人在五點鐘時出門了[72]，亞伯拉罕生以撒，以撒生雅各，雅各生[73]夢幻騎士[74]，而那是我第一次看到擺[75]，擺盪於笑和淚之間[76]，在科莫湖的支流河畔，遲暮鳥語[77]，昔年白雪[78]落在香農河那黑暗洶湧的波濤中[79]，英國紳士[80]早早就上床睡覺了[81]，雖然文字無法撫慰[82]來來去去的女人[83]，我們應該建立義大利，否則[84]只是一個吻[85]，你也是嗎骰子[86]，沒有個性的人[87]戰鬥然後逃跑[88]，義大利的子民們[89]，不要問你們能爲國家做什麼[90]，開出犁溝的犁[91]終有一天會再戰鬥[92]，鼻子不叫鼻子[93]，義大利已建國[94]其他就只是解說而已[95]，我的靈魂在巴黎的傾盆大雨中被淨化[96]，別問我在陽光下怒放的字[97]，我們在陰影中戰鬥[98]，突然間天色暗了下來[99]，我吟唱三位女士的武器進駐我心的故事[100]，噢范倫鐵諾范倫鐵諾爲什麼你是范倫鐵諾[101]，幸福的家庭都是相似的[102]，新郎對新娘這麼說[103]，基多，我希望[104]母親今天過世了[105]，我感受到最初違反天神命令人類的顫抖[106]，樂聲響起[107]鴿子漫步[108]，我的小書去吧[109]，去到檸檬花開的地方[110]，很久很久以前有個伯琉斯的兒子阿奇里斯[111]，地球沒有形式對我們來說太沉重了[112]，光，更多的光，高於一切[113]，伯爵夫人呀究竟什麼是生命[114]？吉兒翻個跟頭滾下來[115]，名字，名字，名字：安傑羅．達洛卡．畢安卡（Angelo Dall'Oca Bianca）[116]，布魯梅爾爵士（Lord Brummell）[117]，品達（Pindar）[118]，福樓拜，迪斯雷利（Disraeli）[119]，雷米吉歐．贊納（Remigio Zena）[120]，侏羅紀（Jurassic），法托利（Fattori）[121]，《史塔帕羅拉和愉快的夜晚》（*Straparola and the pleasant nights*）[122]，龐巴度夫人（de Pompadour），史密斯威森（Smith and Wesson），羅莎．盧森堡（Rosa Luxemburg）[123]，賽諾．科西尼（Zeno Cosini）[124]，老帕爾瑪（Palma the Elder）[125]，始祖鳥（Archaeopteryx），西塞羅喬（Ciceruacchio）[126]，馬太馬可路加約翰（Matthew Mark Luke John），皮諾丘（Pinocchio），茱斯婷娜（Justine）[127]，瑪莉亞．葛萊蒂（Maria Goretti）[128]，有骯髒指甲的妓女賽綺絲（Thaïs the whore）[129]，骨質疏鬆症，聖奧諾雷（Saint Honoré）[130]，巴克特利亞．艾克巴塔納．佩斯波里斯．蘇沙．亞貝拉（Bactria Ecbatana Persepolis Susa Arbela）[131]，亞歷山大和哥帝安的繩結。百科全書倒在我身上，書頁飛散，而我就像置身蜂群中的人一樣揮舞我的雙臂。[132]

〔191〕

大眾媒體名單

詩文的名單也滲入大眾媒體的許多層面中，但其目的和前衛藝術完全不同。我們只要想想圖像名單中的電影場景案例即可——《花團錦簇》（[*Ziegfeld Follies*]1945）中那些身著鴕鳥羽毛飾物的女孩列隊走下樓梯的場景，《出水芙蓉》（[*Bathing Beauty*]1944）中著名的水上芭蕾場景，《華清春暖》（[*Footlight Parade*]1933）中女孩排成一列跳舞的場景，《蘿貝塔》（[*Roberta*]1935）中一群模特兒列隊走過的場景——還有現代著名設計師的服裝秀場景。

這些電影之所以會接二連三呈現眾多銷魂美人的畫面，都是意圖給予觀眾大量而豐富的圖像，也是出於想做出一部暢銷片的需求，他們並不只是呈現出一個迷人的影像，而是多不勝數，就是要給予觀眾取之不盡用之不竭的肉慾訴求，就像古代君王以大量珠寶來取悅自己一般。這個名單的手法並不是想喚起大眾對社會秩序的質疑，相反的是，它的目的在於重述一件事情，那就是讓眾人都能大量消費眾多商品的世界，才是唯一一個能穩定社會秩序的可能最佳模式。

之所以會出現列出各種美人的名單，和一個推動大眾媒體運作的社會特徵有關係。〔192〕這一點讓我聯想到卡爾．馬克斯（Karl Marx），他在《資本論》（*Das Kapital*）的開頭即提到，「那些盛行資本主義生產方式的社會，會以龐大的商品堆積來呈現其財富。」想想那些展示奢侈商品的櫥窗，這暗示了商店裡頭還有更多商品，還有展示來自世界各地商品的展銷會，或是華特．班雅明（Walter Benjamin）讚譽有加的巴黎拱廊——這是一條有玻璃帷幕屋頂和鑲嵌大理石牆的走廊，兩排列著優雅的商店——在十九世紀的巴黎導覽書裡，還將巴黎拱廊形容爲世界的縮影，最後是百貨公司（左拉在《婦女樂園》[*Au Bonheur des dames*]曾大加讚美），本身就是一個眞正的名單。

在《羅安娜女王的神秘火焰》（這是一部回憶一九三〇年代各種重要記事的半考古紀錄）中，我常常以目錄的形式來表達（再次以胡亂拼貼的方式製造出混亂）。請容我引述下面一段，是我將年輕時從國家廣播電台聽到的歌曲歌詞剪貼在一起：

我不需要去轉動選台鈕，收音機就像是自己爲我唱歌一樣流洩出歌聲。我從第一張唱片開始聽，然後站在窗邊，隨著音樂擺動身子，滿天星辰在我頭頂上閃耀，不管是好歌還是爛歌，這些音樂應該可以喚醒我內在的某些東西。

今夜星光燦爛……那一晚，與你在星空下……喔，在這清澈的星空下，請告訴我，在我耳邊訴說甜蜜的呢喃，愛的魔咒……在安地斯群島的夜空下，星光燦亮如火，流洩出愛的光芒……瑪希露，在新加坡的天空下，金星朦朧而高遠，我和你墜入愛河……在俯瞰一切的星群之下，在群星的熱潮之下，我要給你一個吻……有你，沒你，我們都對著星月唱歌，你無法忽視我的眞心，或許好運很快就會到來……海上的月亮，愛情又美又甜蜜，威尼斯的月亮和你，我們兩人單獨在月下，同唱一首歌……匈牙利的天空，憂鬱的嘆息，我帶著無盡的愛意思念著你……我在蔚藍的天空下漫步，聆聽振翅拍過樹叢的鶫鳥鳴聲。133

書，書，書……

我先前提過，圖書館目錄是一種實用名單，因爲一間圖書館裡的書籍數量是有限的。當然，唯一的例外是一間無限圖書館的目錄。

波赫士以奇異的想像所描繪出的巴比倫圖書館裡，究竟有多少本書？波赫士的圖書館的其中一項屬性是，這個圖書館內的書包含二十五個正體字的各種可能組合方〔194〕式，因此我們無法想像有任何一種字母組合是這座圖書館無法預見的。一六二二年，保羅．高爾丁（Paul Guldin）[134]在《算術的組合問題》（*Problema arithmeticum de rerum combinationibus*）中計算過，當時使用的二十三個字母會有多少種組合方式。他以二乘二，三乘三的方式計算，一直增加下去，直計算到有二十三個字母的文字，其中並未考量到重複的問題，或是擔心是否某些組合方式能產生有意義的文字或是否能被正確發音。最後他計算出來的數字超過七百億兆（總共有超過一兆兆個文字）。如果我們將所有文字都寫在一冊一千頁，每頁一百行，每行六十個字母的書卷上，我們會需要二十五萬七千兆冊的書卷。如果要將這所有書冊放進圖書館內，我們會需要八十億五千二百一十二萬三百五十間正方形圖書館，每邊四百三十二呎，共可藏書三百二十萬冊。可是在什麼地方能夠搭建這樣的圖書館？若我們計算這個星球上所有可使用的土地面積，我們會發現地球僅能放置七十五億七千五百二十一萬七百九十九座這樣的圖書館！

還有另外幾位數學家，例如馬蘭．梅森（Marin Mersenne）[135]和哥特弗萊德．萊布尼茲（Gottfried Leibniz）[136]，都計算過同樣的命題。無限圖書館的夢想激勵了很多作者，〔195〕讓他們試著編列出一份包含無限個書名的名單，而這種無限名單最令人信服的案例，是一份完全由作者自創的，不存在的書名名單，意指去想像一個無限的創作是可能的事情。這種名單能帶給我們相當刺激的冒險歷程，例如拉伯雷在《巨人傳》中提出在聖維克多圖書館中找到的一份（偽造的）書單：《上帝救贖之道》（*The For Godsake of Salvation*）、《法學褲襠》（*The Codpiece of the Law*）、《教令拖鞋》（*The Slipshoe of the Decretals*）、《罪惡石榴》（*The Pomegranate of Vice*）；《神學要覽》（*The Clew-Bottom of Theology*）、《傳教士的狐狸尾巴，土爾呂班編著》（*The Duster of Foxtail-Flap of Preachers*, Composed by Turlupine）、《勇士大象般的睪丸》（*The Churning Ballock of the Valiant*）、《主教的退欲草》（*The Henbane of the Bishops*）、《馬爾特雷特斯的猴論，竇爾貝利斯箋註》（*Marmotretus de baboonis et apis, cum commento Dorbellis*）、《巴黎大學有關婦女如何梳洗打扮之通令》（*Decretum Universitatis Parisiensis super gorgiasitate muliercularum ad placitum*）、《聖日爾特呂德顯形與波瓦西一懷孕修女》（*The Apparition of Sancte Geltrude to a Nun of Poissy, Being in Travail at the Bringing Forth of a Child*）、《大庭廣眾下放屁的藝術，馬爾孔．寇維努著》（*Ars honeste fartandi in societate per Marcum Corvinum*）、《貢斯當斯宗教會議討論十星期，空中的幻象能否解決第二思想的問題》（*Quaestio subtilissima, utrum Chimaera in vacuo bonbinans possit comedere secundas intentiones*）……等等，列了約一百五十個書名。[137]

但是，當我們看到眞實存在書名的名單時，卻也會感到一股暈眩，例如第歐根尼．

拉爾修（Diogenes Laertius）[138]列出所有泰奧弗拉斯托斯（Theophrastus）[139]著作的書單〔196〕時。讀者通常很難理解這份龐大的目錄——不只是內容而已，僅只是書名就令人相當困惑了：

三本論「第一分析」、七本論「第二分析」、一本論「三段論」、一本「分析概要」、二本「指涉第一法則的命題」、一本「檢測議論的假設命題」、一本論「感覺」、一篇「給阿納克薩哥拉的書信」、一本論「阿納克薩哥拉原理」、一本論「阿納克西米尼原理」、一本論「阿克勞斯原理」、一本論「鹽、硝酸鉀，和明礬」、二本論「腐敗」、一本論「不可分割線」、二本論「聽覺」、一本論「文字」、一本論「美德間的差異」、一本論「君主權力」、一本論「君主教育」、一本論「人生」、一本論「老年」、一本論「德謨克利特的天文系統」、一本論「氣象學」、一本論「影像或幻象」、一本論「體液、氣色，和身體」、一本論「世界的描述方式」、一本論「人類」、一本「第歐根尼言談集」、三本「定義」、一本「愛的專論」、另一本「愛的專論」、一本論「幸福」、一本論「物種」、一本論「癲癇」、一本論「熱心」、一本論「恩培多克勒」、十八本「三段推論法」、三本「異議」、一本「自發行動」、二本「柏拉圖的公民政治論摘要」、一本論「相似動物的不同鳴叫聲」、一本論「突然出現」、一本論「會咬和螫人的動物」、一本論「據稱會嫉妒的動物」、一本論「居住在乾地的生物」、一本論「會變色的生物」、一本論「居住在洞穴內的生物」、七本「動〔197〕物總論」、一本論「亞里斯多德定義的愉悅」、七十四本「命題」、一本「冷與熱專論」、一篇論「眼花、暈眩，和突如其來的視線不清」、一本論「排汗」、一本論「肯定和否定」、一篇「凱利斯尼茲，或有關悲傷」、一本論「勞動」、一本論「運動」、一本論「石頭」、一本論「瘟疫」、一本論「昏厥」、一本「麥加拉學派哲學家」、一本論「憂鬱」、二本論「礦物」、一本論「蜂蜜」、一本「邁特羅多魯斯原理全集」、一本論「探討過氣象學的哲學家們」、一本論「酒醉」、二十四本「法律」，依照字母順序排列。十本「法律摘要」、一本論「氣味」、一本論「酒與油」、一本「基本命題」、一本論「立法者」、六本「政治專題」、四本「政治專論」，附各政體興起的參考文件。四本「政治慣例」、一本論「最佳憲法規章」、五本「論題集」、一本論「諺語」、一本論「固化和液化」、二本論「火」、一本論「靈魂」、一本論「癱瘓」、一本論「窒息」、一本論「心神失常」、一本論「激情」、一本論「記號」、二本「詭辯學派」、一本論「三段推論的解法」、二本「主題」、二本論「刑罰」、一本論「毛髮」、一本論「暴政」、一本論「水」、一本論「睡眠與夢境」、三本論「友誼」、二本論「慷慨」、三本論「自然」、十八本論「自然哲學問題」、二本「自然哲〔198〕
學摘要」、另八本論「自然哲學」、一本「自然哲學家的專論」、二本論「植物史」、八本論「植物的發生」、五本論「體液」、一本論「錯誤的愉悅」、一本「有關靈魂命題的調查」、一本論「拙劣的例證」、一本論「簡單的懷疑」、一本論「和諧」、一本論「美德」、一本「時機或矛盾」、一本論「否定」、一本論「觀點」、一本論「荒謬」、二本「社交晚會」、二本「派別」、一本論「差異」、一本論「不公義行爲」、一本論「誹謗」、一本論「讚美」、一本論「技藝」、三本「書信集」、一本論「自我生產的動物」、一本論「選擇」、一本「讚美眾神」、一本論「節慶」、一本論

「好運」、一本論「省略三論法」、一本論「創造」、一本論「道德學派」、一本「德
性」、一本「混亂的專論」、一本論「歷史」、一本「與三段推論法相關的判斷」、一
本論「諂媚」、一本論「海洋」、一篇「給卡山德論國王之權力的文章」、一本論「喜
劇」、一本論「流星」、一本論「文體風格」、一本「警語全集」、一本論「解決方
法」、三本論「音樂」、一本論「韻律」、一本「梅加德斯」、一本論「法律」、一本
論「違反法律」、一本「色諾克拉底的學說和警語全集」、一本「對話錄」、一本論
「誓約」、一本論「演說規範」、一本論「財富」、一本論「詩學」、一本「政治、倫
理、自然科學，和愛情問題全集」、一本「諺語」、一本「總體問題全集」、一本「自 〔199〕
然哲學的問題、一本論「範例」、一本論「命題和解說」、第二本「詩學專論」、一
本論「智者」、一本論「審議」、一本論「文法錯誤」、一本論「修辭藝術」、一本
「六十一位修辭大師全集」、一本論「偽善」、六本論「亞里斯多德」、十六本「對自
然哲學的觀點」、一本「自然哲學觀點摘要」一本論「感恩」、一本「德性」、一本論
「真實與虛假」、六本「神靈的歷史」、三本論「眾神」、四本「幾何學歷史」、六本

「亞里斯多德論動物摘要」、二本「三段推論法」、三本「命題」、二本論「國王之權力」、一本論「動機」、一本論「德謨克利特」、一本論「誹謗」、一本論「世代」、一本論「動物的智性和德性」、二本論「行動」、四本論「視覺」、二本論「定義」、一本論「接受婚姻」、一本論「多和少」、一本論「音樂」、一本論「神聖的幸福」、一份「給學院哲學家的演講」、一本「勸誡的專論」、一本「討論如何統治城市」、一本「評論集」、一本「西西里埃特納山的火山口」、一本論「不可否認的事實」、一本論「自然歷史的問題」、一本「取得知識的數種不同方法」、三本論「說謊」、一本《命題》的前言、一份「給埃斯奇里斯的書信」、六本「天文歷史」、一本「加數計算〔200〕的歷史」、一本「亞奇卡魯斯」、一本論「司法語言」、一本論「誹謗」、一卷「給阿斯提塞龍、法尼亞斯，和尼卡諾的信件」、一本「虔誠」、一本「艾維亞斯」、一本論「機運」、一卷「熟悉的對話」、一本「孩童的教育」、另一本「孩童的教育」，以不同的方式做討論。一本論「教育，或美德的專論，或論節制」、一本論「勸誡」、一本論「數字」、一本「三段論法聲明的定義」、一本論「天堂」、二本論「政治」、二本論「自然，水果，和動物」。以上所有書籍共有二十三萬二千九百零八行。這些全都是泰奧弗拉斯托司所編撰的書籍。[140]

當我在《玫瑰的名字》裡列出一連串修道院圖書館收藏的書單時，我心裡想的大概就是這類型的名單。我並非像拉伯雷一樣列出僞造的書單，而是使用眞實存在的書名（都是當時流傳於修道院藏書的書籍），卻未改變名單所暗示的類似祈禱文、眞言和連禱文的印象。很多作者都非常著迷於書單，從塞萬提斯到于斯曼（Huysmans）[141] 到卡爾〔201〕維諾都是。藏書人看著一份舊書店的目錄（這肯定是一份實用名單）時，就像看著一張令人沉迷的想像樂土風景畫，那是慾望的領域，他們從舊書店目錄中得到的樂趣，就跟儒勒·凡爾納的讀者們看到他書中描述的深海探險和遇見驚人海怪時一樣刺激興奮。

今日，我們確實可以看到一份無盡的名單：全球資訊網（World Wide Web）可以說是所有名單之母，之所以說是無盡，是因爲它時時刻刻都在進化中，既如蛛網也似迷宮。全球資訊網是最眩目的名單，它承諾要給使用者的一切是非常神祕難解的，全球資訊網的資訊幾乎都是虛擬的，也確實提供一份讓我們覺得非常豐盛且近乎無敵的資訊名單。唯一的缺陷是，我們並不知道這些資訊當中有哪些確實與真實世界相關，又有哪些不相關。我們再也無法分辨什麼是真實的，什麼是錯誤的。

當我使用 Google 搜尋關鍵字「名單」一詞，發現總共出現將近二十二億筆資料時，我們還有可能創作出新的名單嗎？

但若一份名單暗示了其具有無限性，那麼它的長度就不可能太驚人。當我重看我在《玫瑰的名字》裡提出的一些書名時，就已經夠頭暈目眩的了：盧傑羅・達・赫爾佛（Roger of Hereford）的《所羅門內殿的五角門》（*De pentagono Salomonis*）、《希伯來語〔202〕的說話藝術與理解》（*Ars loquendi et intelligendi in lingua hebraica*）、《論金屬》（*De rebus metallicis*）、花剌子密（Al-Kuwarizmi）的《代數學》（*Algebra*）、西利烏斯・伊塔利庫斯（Silius Isalicus）的《布匿戰爭》（*Punica*）、拉巴諾・毛洛（Rabanus Maurus）的《法蘭克征戰》（*Gesta francorum*）和《禮讚神聖十字架》（*De laudibus sanctae crucis*）、《弗拉維烏斯・克勞狄烏斯・久丹努斯時代的世界及其書信全集》（*Giordani de aetate mundi et hominis reservatis singulis litteris per singulos libros ab A usque ad Z*）、《昆安・瑟雷諾論醫學》（*Quinti Sereni de medicamentis*）、《現象》（*Phaenomena*）、《伊索談動物性》（*Liber Aesopi de* natura animalium）、《論宇宙論理》（*Liber Aethici peronymi de cosmographia*）、《阿爾克福主教論海外聖地三書》（*Libri tres quos Arculphus episcopus Adamnano escipiente de locis sanctis ultramarinis designavit conscribendos*）、《昆安・朱立歐・伊拉里歐內論世界起源》（*Libellus Q. Iulii Hilarionis de origine mundi*）、《梭利諾・波里斯托雷論地球環和其他奇景》（*Solini Polyhistor de situ orbis terrarum et mirabilibus*）、《天文學大成》（*Almagesthus*）……

或者方托馬斯（Fantômas）[142]系列小說的名單：《方托馬斯》、《尤文對方托馬斯》（*Juve contre Fantômas*）、《致命殺機》（*Le Mort qui tue*）、《祕密特務》（*L'Agent secret*）、《囚犯之王方托馬斯》（*Un Roi prisonnier de Fantômas*）、《阿帕契的警察》（*Le Policier apache*）、《劊子手倫敦》（*Le Pendu de Londres*）、《方托馬斯的女兒》（*La Fille de Fantômas*）、《勒費亞克赫之夜》（*Le Fiacre de nuit*）、《斷肢》（*La

Main coupée）、《逮捕方托馬斯》（*L'Arrestation de Fantômas*）、《強盜治安官》（*Le Magistrat cambrioleur*）、《維弗瑞之罪》（*La Vivrée du crime*）、《尤夫之死》（*La Mort de Juve*）、《逃出聖拉查》（*L'Evadée de Saint-Lazare*）、《范多的消失》（*La Disparition de Fandor*）、《死者的鞋子》（*Les Souliers du mort*）、《方托馬斯的結婚》（*Le Mariage de Fantômas*）、《刺殺貝爾森夫人》（*L'Assassin de Lady Beltham*）、《紅色螞蜂》（*La Guêpe rouge*）、《消失的列車》（*Le Train perdu*）、《王子羅曼史》（*Les Amours d'un prince*）、《悲劇的花束》（*Le Bouquet tragique*）、《騎師不見了》（*Le Jockey masqué*）、《黃金賊》（*Le Voleur d'or*）、《巨人的屍體》（*Le Cadavre géant*）、《製造皇后》（*Le Faiseur de reines*）、《空棺材》（*Le Cercueil vide*）、《紅色組曲》（*Le Série rouge*）、《犯罪酒店》（*L'Hôtel du crime*）、《麻繩》（*La Cravate de chanvre*）、《方托馬斯最後一案》（*La Fin de* Fantômas）。

或者夏洛克．福爾摩斯探案的故事目錄（僅部分）：《身分案》（*A Case of* 〔203〕 *identity*）、《波宮祕史》（*A Scandal in Bohemia*）、《紅髮會》（*The Red-Headed*

League）、《三個大學生》（*The Three Students*）、《博斯科姆比溪谷命案》（*The Boscombe Valley Mystery*）、《五個橘核》（*The Five Orange Pips*）、《歪唇男人》（*The Man with the Twisted Lip*）、《藍寶石案》（*The Adventure of the Blue Carbuncle*）、《斑點帶子案》（*The Adventure of the Speckled Band*）、《工程師大拇指案》（*The Adventure of the Engineer's Thumb*）、《貴族單身漢案》（*The Adventure of the Noble Bachelor*）、《銅山毛櫸案》（*The Adventure of the Copper Beeches*）、《銀色馬》（*Silver Blaze*）、《皮膚變白的軍人》（*The Adventure of the Blanched Soldier*）、《爬行人》（*The Adventure of the Creeping Man*）、《顯貴的主顧》（*The Adventure of the Illustrious Client*）、《鬃毛》（*the Adventure of the Lion's Mane*）、《王冠寶石案》（*The Adventure of the Mazarin Stone*）、《退休的顏料商》（*The Adventure of the Retired Colourman*）、《吸血鬼》（*The Adventure of the Sussex Vampire*）、《三角牆山莊》（*The Adventure of the Three Gables*）、《三個同姓的人》（*The Adventure of the Three Garridebs*）、《戴面紗的房客》（*The Adventure of the Veiled Lodger*）、《綠玉皇冠案》（*The Adventure of the Beryl Coronet*）、《硬紙盒子》

（*The Cardboard Box*）、《臨終的偵探》（*The Dying Detective*）、《空屋》（*The Empty House*）、《最後一案》（*The Final Problem*）、《「格洛里亞斯科特」號三桅帆船》（*The Adventure of the Gloria Scott*）、《希臘語譯員》（*The Greek Interpreter*）、《巴斯克維爾的獵犬》（*The Hound of the Baskervilles*）、《馬斯格雷夫儀禮》（*The Musgrave Ritual*）、《血字的研究》（*A Study in Scarlet*）、《海軍協定》（*The Adventure of the Naval Treaty*）、《諾伍德的建築師》（*The Norwood Builder*）、《雷神橋之謎》（*The Problem of Thor Bridge*）、《紅圈會》（*The Red Circle*）、《賴蓋特之謎》（*The Reigate Squires*）、《住院的病人》（*The Resident Patient*）、《第二塊血跡》（*The Second Stain*）、《四個〔204〕簽名》（*The Sign of Four*）、《六座拿破崙半身像》（*The Six Napoleons*）、《孤身騎車人》（*The Solitary Cyclist*）、《證券經紀人的書記員》（*he Stock-Broker's Clerk*）、《恐怖谷》（*The Valley of Fear*）……阿們。

名單，是我閱讀和寫作的喜悅來源。以上，是一個青年小說家的自白。

註釋

第一章　從左寫到右

1. 譯註：理查・艾爾曼（1918-1987），美國文學評論家，傳記作家。最有名的作品是他爲愛爾蘭作家喬伊斯所寫的傳記《詹姆斯・喬伊斯》（*James Joyce*）。

2. 有些人在過了十八歲以後就放棄寫詩了，例如韓波。

3. 在一九五〇年代晚期和一九六〇年代，我寫了一些諧仿文和散文——現在這些文章都收錄在《誤讀》（*Misreading*, New York: Harcourt, 1993）一書中。不過我倒是覺得這些文章比較像是某種「消遣活動」。

4. 譯註：阿爾方斯・德・拉馬丁（1790-1869），法國詩人，作家，同時身爲政治家，曾協助成立法國第二共和。

5. 譯註：喬治・佩瑞格（1936-1982），法國作家。其作品常偏好玩文字遊戲和實驗性的寫作方式。

6. 譯註：漏字文（lipogram），一種文字遊戲，或限制的寫作方式，規定在寫作時不可使用某個

（或某些）字。通常會去除有字母e的字，因爲e是英文和法文單字中最常出現的字母。

7. 參見Umberto Eco, "Come Scrivo", in Maria Teresa Serafini, ed., *Come si scrive un romanzo* (Milan: Bompiani, 1996).

8. 譯註：約瑟夫・愛迪生（1672-1719），美國作家、政治家。爲著名雜誌《旁觀者》（*Spectator*）的創始人之一。

9. 譯註：加伊烏斯・普林尼・塞昆杜斯（Gaius Plinius Secundus, 23-79），古羅馬作家、博物學者、政治家。

10. 譯註：亞曼・尚・迪・普萊西・德・黎塞留（Armand Jean du Plessis de Richelieu, 1585-1642），路易十三的宰相，天主教的樞機主教。

11. 譯註：加布里埃爾・鄧南遮（Gabriele D'Annunzio, 1863-1938），義大利作家。其作品據稱影響了義大利法西斯主義和墨索里尼。

12. 譯註：阿貝爾・塔斯曼（1603-1659），荷蘭商人、探險家。於一六四二年發現塔斯馬尼亞島，該島就是以他命名。

13. 譯註：威廉・布萊（William Bligh, 1754-1817），英國海軍軍官，曾統領邦提號，但在大溪地時遭到船上水手叛變；布萊和數名手下乘著小型救生艇，在四十一天之內橫跨六千七百公里，來到帝汶島。

14. Linda Hutcheon, "Eco's Echoes: Ironizing the (Post) Modern," in Norma Bouchard and Veronica Pravadelli, eds., *Umberto Eco's Alternative* (New York: Peter Lang, 1998); Linda Hutcheon, *A Poetics of Postmodernism* (London: Routledge, 1988); Brian McHale, *Constructing Postmodernism (London: Routledge, 1992); Remo Ceserani, "Eco's (Post)modernist Fictions," in Bouchard and Pravadelli, Umberto Eco's Alternative.*

15. Charles A. Jencks, *The Language of Post-Modern Architecture* (Wisbech, U.K.: Balding and Mansell, 1978), 6.

16. Charles A. Jencks, *What Is Post-Modernism?* (London: Art and Design, 1986), 14–15. See also Charles A. Jencks, ed., *The Post-Modern Reader* (New York: St. Martin's, 1992).

第二章　作者，文本，和詮釋者

第二章的內容主要使用一九九六年於哥倫比亞大學美國高等研究院義大利學院的演講，原始標題爲「作者和他的詮釋者」。

1. Umberto Eco, *The Open Work* (Cambridge, Mass: Harvard University Press, 1989).

2. 譯註：格魯喬・馬克斯（1890-1977），美國喜劇演員，個人特色鮮明，留著顯眼的眉毛、鬍鬚，戴眼鏡。

3. 參見 Jacques Derrida, "Signature Event Context"（1971）, *Glyph*, 1（1977）: 172–197, reprinted in Derrida, *Limited* Inc., trans. Samuel Weber and Jeffrey Mehlman (Evanston, Ill.: Northwestern University Press, 1988); and John Searle, "Reiterating the Differences: A Reply to Derrida," *Glyph*, 1（1977）: 198–208, reprinted in Searle, *The Construction of Social Reality* (*New York: Free Press, 1995*).

4. 參見Philip L. Graham, "Late Historical Events," *A Wake Newslitter*（October 1964）: 13–14; Nathan Halper, "Notes on Late Historical Events," *A Wake Newslitter* (October 1965): 15–16.

5. Ruth von Phul, "Late Historical Events," *A Wake Newslitter* (December 1965): 14–15.

6. 譯註：神祕玫瑰（mystic rose），爲基督教中瑪莉亞的象徵，指涉其孕育耶穌基督的子宮。但丁在《神曲》中也將瑪莉亞比喻爲玫瑰，環繞在基督身邊，象徵純潔和純粹。

7. 譯註：爲英國詩人艾德蒙·華勒（Edmund Waller, 1606-1687）所寫的詩，描述詩人在將玫瑰花送給一位女士之前，以擬人的口吻對玫瑰說話，要女士切勿虛度青春，應像玫瑰一樣對著他人綻放。

8. 譯註：又譯爲薔薇戰爭（Wars of the Rose, 1455-1485），爲英國蘭卡斯特家族和約克家族爲王位之爭纏鬥三十年的戰爭。被稱爲玫瑰戰爭是莎士比亞在《亨利六世》一劇中以摘下象徵兩家族的紅、白玫瑰作爲宣戰，之後便以此流傳。

9. 譯註：爲英國詩人威廉・布萊克（William Blake, 1757-1827）所寫的詩，描述被蟲子侵蝕的病玫瑰。布萊克詩作的象徵向來晦澀難解，至今評論家對這首詩眞正要表達的意思是什麼，仍眾說紛紜。

10. 譯註：出自一九二〇年代的暢銷爵士樂唱片《No, No, Nanette》，作曲者爲文森・約曼斯（Vincent Youmans），作詞者爲艾文・西撒（Irving Caesar）。

11. 譯註：全句爲「玫瑰不叫玫瑰，依然芳香如故」（that which we call a rose by any other name would smell as sweet），出自莎士比亞的《羅密歐與茱莉葉》第二幕中茱莉葉的台詞。

12. 譯註：爲美國女作家葛楚德・史坦（Gertrude Stein, 1874-1946）所寫的詩，標題爲《神聖的艾蜜莉》（*Sacred Emily*）。

13. 譯註：爲一近代歐洲基督教團體，因其標誌爲中央有一朵玫瑰的十字架，故得此名。據傳玫瑰十字會爲德國教士羅森克魯茲（Rosenkreuz）於十五世紀左右所成立，充滿神祕主義色彩。

14. 但我必須要說明一點，以音節的數量來說，「Roma」的o是長音，所以並不適合作爲一首六步格詩開頭的強弱弱格。因此「Rosa」是比較正確的讀法。

15. 譯註：引用中文版《傅科擺》（皇冠，一九九二年，謝瑤玲譯）。原翻譯的書名改爲較正確的譯名。

16. 譯註：瑪莉・安・伊文斯（1819-1880），英國作家，筆名喬治・艾略特。曾表明身爲女性作者但使用男性筆名，是爲了消除世人對女性作者的刻板印象。

17. Helena Costiucovich, "Umberto Eco: Imja Rosi," *Sovriemiennaja hudoziestviennaja litieratura za rubiezom,* 5 (1982): 101ff.

18. 譯註：埃米爾・昂里奧（1889-1961），法國作家。曾被選爲法蘭西學院的一員。

19. 譯註：卡西奧多羅斯（490-585），羅馬政治家和作家。出身貴族家庭，曾參與政務，後來轉而專注基督教事務。其著作對中世紀初期基督教的發展有極大影響。

20. 譯註：喬治・塞里（1935-2011），義大利昆蟲學家、生物學家。在波隆納大學教授昆蟲學的同時，也寫出多部小說和劇作。

21. 譯註：德米特里・梅列日科夫斯基（1866-1941），俄羅斯作家、詩人。被譽爲象徵主義大師，曾因反對蘇聯而二度流亡海外。

22. Robert F. Fleissner, *A Rose by Another Name: A Survey of Literary Flora from Shakespeare to Eco* (West Cornwall, U.K.: Locust Hill Press, 1989), 139.

23. Giosue Musca, "La camicia del nesso," *Quaderni Medievali,* 27 (1989).

24. 譯註：切薩雷・帕維澤（1908-1950），義大利詩人、作家。在義大利被視爲二十世紀相當重要的作家。

25. 譯註：安東尼歐・利可波尼（1541-1599），義大利歷史學家。曾替亞里斯多德的所有倫理學的著作和《詩學》做評論。

26. 譯註：法蘭西斯科・羅伯泰羅（1516-1567），義大利人文主義學者。他對亞里斯多德《詩學》的評論影響了文藝復興時期和十七世紀對喜劇和劇場的理論。

27. 譯註：羅多維科・卡斯泰爾韋特羅（1505-1571），爲促進新古典主義發展的重要人物，尤其在劇作方面影響甚大。他對亞里斯多德《詩學》的評論讓戲劇的三一律（three unities）廣爲人知。

28. A. R. Luria, *The Man with a Shattered World: The History of a Brain Wound* (Cambridge, Mass.: Harvard University Press, 1987).

第三章　文學角色評論

1. 譯註：引用中文版《唐吉訶德》（遠流，二〇〇五年，屠孟超譯）。

2. 譯註；阿納塔斯・珂雪（1602-1680），德國耶穌會成員，也是一個通才。一生大多數時間都待在羅馬做研究，研究主題包括地質學、醫學、數學、天文學、音樂理論等。

3. Umberto Eco, *Foucault's Pendulum*, trans. William Weaver (New York: Harcourt, 1989), ch. 57. 譯註：引用中文版《傅科擺》。

4. 順道一提，法利亞是眞實存在的人物，大仲馬寫這個角色的靈感是來自這位古怪的葡萄牙教士。不過眞正的法利亞對催眠術很感興趣，而且從沒指導過基督山伯爵。大仲馬在描寫自己的角色時常常從歷史人物取材（例如達太安［d'Artagnan］就是），不過他也不期望讀者們會想了解這些角色眞實的個性特質。

5. 幾年前我去過那座城堡，不只看到一處被稱爲基督山伯爵的囚室，還有據稱是法利亞神父所挖的通道。

6. 譯註：奧諾雷・米拉波（1749-1791），法國作家、政治家。爲法國大革命時期重要的政治家和演説家，是溫和派中的重要人士，主張建立君主立憲制。

7. Alexandre Dumas, *Viva Garibaldi! Une odyssée en 1860* (Paris: Fayard, 2002), ch. 4.

8. 我有一位溫和又感性的朋友曾對我說：「我每次看到電影裡有人揮舞國旗的場景都會哭，不管是哪個國家的旗幟。」無論如何，已經有眾多文獻以心理學和敘事學的角度在探討人爲什麼會受到虛構人物的感動。想了解較全面性的綜述，可參見Margit Sutrop, "Sympathy, Imagination,

and the Reader's Emotional Response to Fiction," in Jürgen Schlaeger and Gesa Stedman, eds., *Representations of Emotions* (Tübingen: Günter Narr Verlag, 1999), 29–42. 另可參見Margit Sutrop, *Fiction and Imagination* (Paderborn: Mentis Verlag, 2000), 5.2; Colin Radford, "How Can We Be Moved by the Fate of Anna Karenina?" *Proceedings of the Aristotelian* Society, 69, suppl. (1975): 77; Francis Farrugia, "Syndrome narratif et archétypes romanesques de la sentimentalité: Don Quichotte, Madame Bovary, un discours du pape, et autres histoires," in Farrugia et al., *Emotions et sentiments: Une construction sociale* (Paris: L'Harmattan, 2008).

9. 參見Gregory Currie, *Image and Mind* (Cambridge: Cambridge University Press, 1995) 根據亞里斯多德的定義，淨化是一種情感的錯覺：這種錯覺出於我們對悲劇主角的認同，因此看到發生在他們身上的事情時，我們會覺得憐憫和恐懼。

10. 譯註：歐仁·蘇（1804-1857），法國作家。作品受到當代社會主義理念的影響，揭發法國社會的種種弊端，也擅長描寫下層人民生活的境況。

11. 譯註：艾瑞克·席格爾（1937-2010），美國作家、教育家。最著名的作品爲《愛的故事》，他也親自將小說改編成電影，小說和電影都相當暢銷。

12. 譯註：亞歷克修斯·邁農（1853-1920），奧地利哲學家。其理論受到英國實證主義的影響，最有名的則是獨特的本體論觀點。

13. 若要參考以本體論觀點所做的仔細且全面的討論，參見Carola Barbero, *Madame Bovary: Something Like a Melody* (Milan: Albo Versorio, 2005) 巴貝羅在釐清本體論方法和認知論方法間的差異方面，做了很恰當的說明：「客體理論並沒有興趣去了解我們是如何以認知的方式去理解並不存在的客體。事實上，客體理論只專注於客體的絕對普遍性面向，而未考量客體可能具有的既定條件。」（65）

14. 參見John Searle, "The Logical Status of Fictional Discourse," *New Literary History*, 6, no. 2 (Winter 1975): 319–332.

15. 譯註：雷克斯．史陶特（1886-1975），美國偵探小說作家。著名作品爲尼洛．伍爾夫系列偵探小說。

16. Jaakko Hintikka, "Exploring Possible Worlds," in Sture Allén, ed., *Possible Worlds in Humanities, Arts and Sciences*, vol. 65 of *Proceedings of the Nobel Symposium* (New York: De Gruyter, 1989), 55.

17. Lubomir Dolezel, "Possible Worlds and Literary Fiction," in Allén, *Possible Worlds*, 233.

18. 例如，二〇〇一年九月二十四日，小布希總統（President Geroge W. Bush）在一場記者會上曾說：「加拿大和墨西哥的邊界關係從沒有比現在更好過。」參見 usinfo.org/wf-archive/2001/010924/epf109.htm.

19. 該例證出自Samuel Delany, "Generic Protocols," in Teresa de Lauretis, ed., *The Technological Imagination* (Madison, Wis.: Coda Press, 1980).

20. 有關一個敘事的可能存在世界是「小」而具有「寄生」特性的，參見Umberto Eco, *The Limits of Interpretation* (Bloomington: Indiana University Press, 1990), chapter entitled "Small Worlds."

21. 如同我在《悠遊小說林》（*Six Walks in the Fictional Woods*, Cambridge, Mass: Harvard University Press, 1994）的第五章所說，根據讀者的百科全書式資訊的狀態，他們或多或少都願意接受眞實世界中的某些違反行爲。在《三劍客》（[*The Three Musketeers*]背景是一六〇〇年代）中，大仲馬說其中一個角色亞拉米（Aramis）住在塞萬多尼街上——這是不可能的，因爲這條街是命名自建築師喬凡尼‧塞萬多尼（Giovanni Servandoni），而此人要在一個世紀後才會出生。但是大多數讀者都毫無疑惑地接受了這個資訊，因爲他們其實不是很了解誰是塞萬多尼。相對來看，若大仲馬說亞拉米住在波拿巴街上的話，我想大多數讀者都會覺得有點怪怪的。

22. 例如，可參見 Roman Ingarden, *Das literarische Kunstwerk* (Halle: Niemayer Verlag, 1931); in English, *The Literary Work of Art*, trans. George G. Grabowicz (Evanston, Ill.: Northwestern University Press, 1973).

23. Stendhal, *The Red and the Black*, trans. Horace B. Samuel (London: Kegan Paul, 1916), 464. 譯註：參考中文版《紅與黑》（遠景，一九七八年，黎烈文譯）。修改錯譯、語意不清的部分。

24. 有關那兩顆子彈的事情，可參見 Jacques Geninasca, *La Parole littéraire* (Paris: PUF, 1997), II, 3.

25. 例如，可參見 Umberto Eco, *Kant and the Platypus,* trans. Alastair McEwen (New York: Harcourt, 1999), in particular sect. 1.9.

26. 譯註：華納・馮・布朗（1912-1977），德裔火箭專家。納粹德國戰敗後，美國將布朗及其研究小組移至美國太空總署，擔任太空研究開發的主設計師，最大的成就是主持農神五號的研發，並於一九六九年達成人類登陸月球的創舉。

27. 若安娜眞是的人造產物的話，她的本質也和其他人物產造，例如椅子和船，有所不同。參見 Amie L. Thomasson, "Fictional Characters and Literary Practices," *British Journal of Aesthetics*, 43, no. 2 (April 2002): 138–157.虛構人物並非有實體的存在，也欠缺特定的時空位置。

28. 譯註：卡斯帕爾・豪澤爾（1812-1833），德國著名人物，即所謂的「野孩子」。一八二八年突然出現在德國紐倫堡，年約十六歲，據稱他從小被關在小房子內，只被餵以麵包和水養大。豪澤爾的眞實身分眾說紛紜，至今尚未找到證據可證實他的說法以及身分。

29. 例如，可參見 Umberto Eco, *Semiotics and the Philosophy of Language* (Bloomington: Indiana University Press, 1984), 2.3.3; and idem, *The Limits of Interpretation* (Bloomington: Indiana University Press, 1990).

30. Philippe Doumenc, *Contre-enquéte sur la mort d'Emma Bovary* (Paris: Actes Sud, 2007).

31. 譯註：阿爾弗雷德・塔斯基（1901-1983），美國籍波蘭裔數學家、邏輯學家。研究範圍廣泛，包括抽象代數、幾何學、拓樸學、分析哲學等。

32. 譯註：山姆・史貝德，美國冷硬派偵探小說作家達許・翰密特（Dashiell Hammett）筆下的人物，爲其著名作品《馬爾他之鷹》的主角。一九四一年《馬爾他之鷹》的電影版中，由美國演員亨弗萊・鮑嘉（Humphrey Bogart）飾演史貝德。

33. 譯註：哈利・萊姆，爲一九四九年英國黑色電影《黑獄亡魂》（*The Third Man*）的一個角色，由美國演員、導演奧森・威爾斯（Orson Welles）飾演。

34. 譯註：流金歲月，一九四二年電影《北非諜影》（*Casablanca*）的插曲，由赫曼・哈普菲德（Herman Hupfeld）於一九三一年所創作，電影中是由美國演員亞瑟・杜利・威爾森（Arthur "Dooley" Wilson）所演唱。

35. 譯註：銳克・布萊恩（Rick Blaine），電影《北非諜影》的主角，由美國演員亨弗萊・鮑嘉飾演。

36. 譯註：烏加特，亦爲電影《北非諜影》的一個角色，由奧匈帝國出身，之後移民美國的演員彼得・羅（Peter Lorre）飾演。

37. 譯註：雷諾上校，亦爲電影《北非諜影》的一個角色，由美國演員克勞德・雷恩斯（Claude

Rains）飾演。

38. 譯註：羅伯．喬登，海明威一九四〇年作品《戰地鐘聲》的主角。

39. 譯註：菲利普．馬羅，美國冷硬派偵探小説作家雷蒙．錢德勒（Raymond Chandler）筆下的人物。亨弗萊．鮑嘉曾在一九四六年電影的《大眠》（*The Big Sleep*）中演出馬羅。

40. 參見 Eco, *Six Walks in the Fictional Woods*, 126. 譯註：參考中文版《悠遊小説林》（時報，二〇〇〇年，黃寤蘭譯）。

41. 譯註：愛麗諾．瑞格比，英國樂團披頭四於一九六六年創作的歌曲，主題與死亡和孤獨有關。創作者保羅．麥卡尼曾説明該標題是個虛構的人名。

42. 例如，可參見 Aislinn Simpson, "Winston Churchill Didn't Really Exist," *Telegraph*, February 4, 2008.

43. 譯註：狄多，根據希臘羅馬的神話傳説，狄多爲迦太基的皇后。羅馬詩人味吉爾在其作品《伊尼亞德》（*Aeneid*）中曾提及狄多的故事，而使她的名字廣爲人知。

44. 譯註：米蒂亞，希臘神話中科爾基斯的公主，幫助率領阿戈爾英雄的伊阿宋奪取金羊毛，並嫁給伊阿宋爲妻。後伊阿宋變心愛上底比斯的公主格勞斯，憤怒的米蒂亞殺害了格勞斯及其父親之後，拋棄伊阿宋並殺害她和伊阿宋的兩個孩子，逃亡至雅典。她的故事後來由希臘劇作家歐里庇得斯改編爲希臘悲劇《米蒂亞》。

45. 譯註：霍登．柯菲德，美國作家沙林傑（J. D. Salinger）一九五一年的著作《麥田捕手》（*The Catcher in the Rye*）的主角。

46. 譯註：馬格雷探長，法國偵探小說作家喬治．西默農（George Simenon）筆下的人物。

47. 譯註：高康大，法國作家拉伯雷的《巨人傳》的角色，是個身材高大、食量驚人的巨人；此字詞亦有龐大、巨大之意。

48. 譯註：埃比尼澤．史古基（Ebenezer Scrooge），英國作家狄更斯作品《小氣財神》（*Christmas Carol*）的主角。由於其人吝嗇成性，後來衍伸爲「小氣鬼」、「吝嗇鬼」之意。

49. 若想要知道從吉安巴蒂斯塔．維科（Giambatista Vico）和托馬斯．瑞德（Thomas Reid）到約翰．希爾勒對社會客體的概念的歷史，可參見 Maurizio Ferraris, "Scienze sociali," in Ferraris, ed., *Storia dell'ontologia* (Milan: Bompiani, 2008), 475–490.

50. 例如，可參見 John Searle, "Proper Names," *Mind*, 67 (1958): 172.

51. 參見Roman Ingarden, *Time and Modes of Being*, trans. Helen R. Michejda (Springfield, Ill.: Charles C. Thomas, 1964); and idem, *The Literary Work of Art*. For a criticism of Ingarden's position, see Amie L. Thomasson, "Ingarden and the Ontology of Cultural Objects," in Arkadiusz Chrudzimski, ed., *Existence, Culture, and Persons: The Ontology of Roman Ingarden* (Frankfurt: Ontos Verlag, 2005).

52. Barbero, *Madame Bovary*, 45–61.

53. Woody Allen, "The Kugelmass Episode," in Allen, *Side Effects* (New York: Random House, 1980).

54. 有關這些問題，可參見 Patrizia Violi, Meaning and Experience, trans. Jeremy Carden (Bloomington: Indiana University Press, 2001), IIB and III.另可參見 Eco, *Kant and the Platypus*, 199, 3.7.

55. Peter Strawson, "On Referring," *Mind*, 59 (1950).

56. 很明顯地，百科全書需要時時更新。一八二一年五月四日，公眾的百科全書必須要記下，拿破崙是前任皇帝，目前於聖赫勒拿島流亡中。

57. 對於我們很難「親眼見證」的例子（例如，某人肯定地說歐巴馬昨天拜訪了巴格達），我們會用「補充的」方法（例如看報紙或是電視新聞）讓我們得以確認真的發生在「這個世界」上的事件，即使這些事件是我們無法以直接的感官去認知的。

58. 譯註：阿爾弗雷德．普爾弗洛克，英國作家艾略特（T. S. Eliot）的詩作《阿爾弗雷德．普爾弗洛克的情歌》（*The Love Song of J. Alfred Prufrock*）的主角。

59. 譯註：保羅．瓦勒里（1871-1945），法國作家，哲學家。其著作除了小說、詩以外，還包含大量對藝術、歷史、音樂的評論。

60. 可能有人會想要說，數學實體也同樣不需要修訂。但是在非歐基里德式幾何學出現後，我們對平行線的觀念也改變了，而由於英國數學家安德魯．威爾斯（Andrew Wiles）的著作，我們對費馬定理（Fermat's Theorem）的觀念也在一九九四年之後出現變化。

61. 爲了精確一點，我們應該說，「耶穌基督」這個措辭指涉兩個不同的客體，而當某人說出這個措辭時，我們應該要——爲了賦予措辭一個意義——先決定說話者所擁護的宗教（或非宗教）信念是什麼。

62. 有關這些問題，可參見 Umberto Eco, *The Role of the Reader* (Bloomington: Indiana University Press, 1979).

第四章　我的名單

1. 參見 Umberto Eco, *The Infinity of Lists*, trans. Alastair McEwen (New York: Rizzoli International, 2009).

2. 關於「實用」和「文學」名單的差異，可參見 Robert E. Belknap, *The List* (New Haven: Yale University Press, 2004). 若要看文學名單的珍貴選輯，可參見 Francis Spufford, ed., *The Chatto Book of Cabbages and Kings: Lists in Literature* (London: Chatto and Windus, 1989). 貝克納認爲實用名單有可能發展成無限（例如，電話簿可以每年都增加頁數，在我們前往商店的路上，採購名單也會一直加長），然而他所謂的「文學」名單卻是封閉的，因爲會受到作品的格式限制（格律，韻腳，十四行詩格式，等等）。但對我來說，這個論點可以很容易就能完全推翻。只要實用名單所列出的是在特定時間內有限的一系列事物，它就必定是有限的。這種實用名單當然可以增加其內容，就跟電話簿一樣，但是跟二〇〇七年的電話簿相比，二〇〇八年的電話簿其實是「另一份」名單。相反地，雖然文學名單會受到藝術技巧的限制，但我接下來所引用的文學名單全都有發展至無限的可能性。

3. 譯註：桑頓・懷爾德（1897-1975），美國作家。是唯一一位以文學作品獲得普利茲獎的人。
4. Ennodius, *Carmina*, Book 9, sect. 323c, in *Patrologia Latina*, ed. J.-P. Migne, vol. 63 (Paris, 1847).
5. Cicero, "First Oration against Lucius Catilina," in *The Orations of Marcus Tullius Cicero*, trans. C. D. Yonge, vol. 2 (London: G. Bell and Sons, 1917), 279–280 (sect. 1). 譯註：參考中文版《西塞羅全集》（左岸文化，二〇〇六年，王曉朝譯）。
6. Ibid., 282(sect. 3). 譯註：同上。
7. 譯註：維斯拉瓦・辛波絲卡（1923-2012），波蘭詩人。於一九九六年獲諾貝爾文學獎。
8. 出自Wislawa Szymborska, *Nothing Twice*, trans. Stanislaw Baranczak and Clare Cavanagh (Krakow: Wydawnictwo Literackie, 1997). 譯註：參考中文版《辛波絲卡》（寶瓶文化，二〇一一年，陳黎、張芬齡譯）。

9. 譯註：亞利歐斯多（1474-1533），義大利詩人。代表作《瘋狂的羅蘭》被視爲義大利文藝復興時期的重要作品。

10. 很不幸地，威廉·史都華·羅斯（William Stuart Ross）做的第一版英文翻譯（十八世紀）刪去了連接詞省略的特性，英文版爲：「我歌頌愛和女士，騎士和戰役／殷切的宮廷禮儀，和無畏的戰功。」（Of loves and ladies, knights and arms, I sing,/of courtesies, and many a daring feat.）

11. 譯註：參考中文版《失樂園》（桂冠，一九九四年，朱維之譯）。

12. Italo Calvino, *The Nonexistent Knight*, trans. Archibald Colquhoun (New York: Harcourt, 1962). 譯註：參考中文版《不存在的騎士》（時報，一九九八年，紀大偉譯）。

13. François Rabelais, *Gargantua*, trans. Sir Thomas Urquhart of Cromarty (1653) and Peter Antony Motteux (1693–1708) (Chicago: Encyclopaedia Britannica, 1990), ch. 22, "The Games of Gargantua." 譯註：參考中文版《無盡的名單》（艾可著，聯經，二〇一二年，彭懷棟譯）。

14. James Joyce, *Ulysses*, ed. Hans Walter Gabler (New York: Vintage, 1986), 592–593 (Book 3, ch. 2). 譯註：參考中文版《尤利西斯》（時報，一九九五年，蕭乾、文若潔譯）。

15. Umberto Eco, *Misreadings*, trans. William Weaver (New York: Harcourt, 1993). 譯註：參考中文版《誤讀》（皇冠，二〇〇一年，張定綺譯）。

16. Umberto Eco, *The Name of the Rose*, trans. William Weaver (New York: Harcourt, 1983), ch. 3. 譯註：參考中文版《玫瑰的名字》（皇冠，二〇一四年，倪安宇譯）。

17. 譯註：阿曼（1928-2005），本名阿曼・費南德茲（Armand Fernandez），法國藝術家。擅長將日常生活中常見、消費性物品以各種方式保存下來的藝術創作形式。

18. 我有可能搞錯了。雖然我不是很確定年代，但第一份名單應該就是赫西俄德（Hesiod）所著的《神譜》（*Theogony*）。

19. 譯註：參考中文版《伊利亞特》（貓頭鷹，二〇〇〇年，羅念生、王煥生譯）。

20. 參見 Giuseppe Ledda, "Elenchi impossibili: Cataloghi e topos dell'indicibilità," unpublished; and idem, *La Guerra della lingua: Ineffabilità, retorica e narrativa nella Commedia di Dante* (Ravenna: Longo, 2002).

21. 譯註：參考中文版《奧德賽》（貓頭鷹，二〇〇〇年，王煥生譯）。

22. Dante, *Paradise*, trans. Henry Francis Cary (London: Barfield, 1814), Canto 28, lines 91–92. 譯註：參考中文版《神曲・天堂篇》（志文，一九九七年，王維克譯）。

23. Umberto Eco, *The Island of the Day Before*, trans. William Weaver (New York: Harcourt, 1995), pp. 407–410 (ch. 32).經驗豐富的讀者在看到最後一段時，會知道那不只是生動描述，也是一種讀畫詩，這一段是在描述阿爾欽博托（Arcimboldo）所描繪的典型人頭像。譯註：參考中文版《昨日之島》

（皇冠，一九九八年，翁德明譯）。修正漏譯，錯譯的部分。

24. 譯註：吉安巴蒂斯塔・馬里諾（1569-1625），義大利詩人。被認爲是形式主義的創建者，擅長在其作品中使用過度、大量的譬喻。

25. Walt Whitman, *Leaves of Grass*, Part 12, "Song of the Broad-Axe." 特別注意下列書籍中研究惠特曼的章節，Robert E. Belknap, *The List* (New Haven: Yale University Press, 2004). 譯註：參考中文版《草葉集》（義士，一九七六年，高峰譯）。

26. James Joyce, "Anna Livia Plurabelle," trans. James Joyce and Nino Frank (1938), reprinted in Joyce, *Scritti italiani* (Milan: Mondadori, 1979).

27. James Joyce, "Anna Livie Plurabelle," trans. Samuel Beckett, Alfred Perron, Philippe Soupault, Paul Léon, Eugène Jolas, Ivan Goll, and Adrienne Monnier, with the collaboration of Joyce, *Nouvelle Revue Française*, May 1, 1931.

28. 我所寫的拼貼段落是採自以下版本：*Collected Fictions of Jorge Luis Borges* (New York: Viking, 1998). 譯者爲安德魯・赫雷（Andrew Hurley）。

29. Umberto Eco, *Baudolino,* trans. William Weaver (New York: Harcourt Brace, 2001), 31. 譯註：參考中文版《波多里諾》（皇冠，二〇〇四年，楊孟哲譯）。修正部分錯譯處。

30. 譯註：帕米西爾，隸屬於所羅門七十二柱神魔之下的一個惡魔。

31. 譯註：《征服者羅比》，法國作家凡爾納於一八六六年出版的冒險小說。

32. 譯註：亞美迪歐．莫狄里安尼（Amedeo Modigliani，1884-1920），義大利藝術家。表現主義派畫家，以其大膽創作的裸女畫聞名，當時他的裸女畫不受世人諒解而遭到貶抑，到後世才獲得認可。

33. 譯註：瑞比斯，煉金術製造出來的產物，具有結合靈魂與物質的雙性特質。

34. 譯註：亞斯塔蒂，美索不達米亞的女神，是生育、性慾、戰爭的象徵。

35. 譯註：《陷阱與鐘擺》，美國作家愛倫坡於一八四三年創作的短篇小說，描述一把大鐮刀一邊如鐘擺般緩緩擺動，一邊落下的酷刑。

36. 譯註：魯伯．戈德堡（1883-1970），美國漫畫家，擅長用極其複雜的方法描述簡單小事。一九四八年以其政治漫畫獲得普利茲獎。

37. 譯註：喬凡尼．布蘭卡（Giovanni Branca, 1571-1645），義大利建築師、工程師。其所製作的機器被認爲是後來蒸汽引擎的始祖。

38. 譯註：亞古斯提諾．拉梅利（Agostino Ramelli, 1531-1610），義大利工程師。「書輪」（book wheel）的發明者。

39. 譯註：維托里歐．宗卡（Vittorio Zonca, 1568-1603），義大利工程師。宗卡和拉梅利的機器設計和書籍曾於一六二七年由德國耶穌會教士鄧玉函（Johann Schreck）翻譯爲中文，標題爲《遠西奇器圖說》（*Diagrams and Explanations of the Wonderful Machines of the Far West*）。

40. 譯註：路底提亞，前羅馬時代的城鎮，即爲巴黎的前身。

41. Umberto Eco, *Foucault's Pendulum*, trans. William Weaver (New York: Harcourt Brace, 1998), pp. 7–8 (ch. 1); pp. 575–579 (ch. 112). 譯註：參考中文版《傅科擺》。修正錯譯和漏譯的部分。

42. 我們不應在這裡處理「物種差異」（Specific Difference）的老問題，「物種差異」認爲人類可以分爲理性和非理性的動物。有關這點，可參見 Umberto Eco, *Semiotics and the Philosophy of Language* (Bloomington: Indiana University Press, 1984), ch. 2. 有關鴨嘴獸，請參見同上作者的 *Kant and the Platypus* (New York: Harcourt, 1999).

43. 當然，資產名單也具有評價的目的。最佳例證是在〈以西結書〉二十七章中推羅（Tyre）的哀歌，或是莎士比亞劇本《理查二世》（Richard II）第二幕中的英格蘭讚歌（「這個統於一尊的島嶼……」[this sceptered isle…]）。另外一種具有評價目的的資產名單，是被稱爲「讚美女性」（laudatio puellae）的傳統主題——一一說明美麗女性的各種特質——其中最優美的例子就是雅歌。但我們也會看到現代作家的例子，魯本．達里歐（Rubén Darío）的《讚美阿根廷》（*Canto a la Argentina*），就是一個以惠特曼的風格寫就，名符其實充滿各種讚美詞句的名單。同樣地，也有「貶抑女性」（vituperatio puellae or vituperatio dominae）——描述醜陋的女性——的主題，例如賀拉斯（Horace）和克萊門特・馬羅（Clément Marot）都寫過。也有描述醜陋男性的主題，例如艾德蒙・羅斯坦德（Edmond Rostand）的《大鼻子情聖》裡，西哈諾貶抑自己鼻子的著名說詞。

44. 譯註：伊曼紐爾・特沙烏羅（1592-1675），義大利作家、詩人。其作品《亞里斯多德望遠鏡》意在創造出更多新的譬喻，被譽爲十七世紀最重要的詩學著作。

45. 譯註：嘉斯柏・肖特（1608-1666），德國耶穌會教士、科學家。擅長的領域爲數學，物理，和自然哲學。

46. 參見Umberto Eco, *The Search for a Perfect Language* (Oxford: Blackwell, 1995).

47. 譯註：吉安巴蒂斯塔・巴西爾（1575-1632），義大利詩人，童話蒐集者。最著名的是其那不勒斯童話集《五日談》（*Pentamerone*），以類似《坎特伯利故事集》和《十日談》的框架敘事方式寫作，其中包括最古老版本的「灰姑娘」和「長髮公主」。

48. 譯註：羅伯特・伯頓（1577-1640），英國牛津大學學者。

49. 我採用的是亞雷斯塔・麥克伊溫（Alastair McEwen）的翻譯版本，Eco, *The Infinity of Lists*.

50. 參見Leo Spitzer, *La Enumeracion caotica en la poesia moderna* (Buenos Aires: Facultad de Filosofia y Letras,

1945).

51. 譯註：柯爾·波特（1891-1964），美國音樂家、作曲家。自小受古典音樂訓練，在一九三〇年代成爲受矚目的百老匯音樂劇作曲家。不僅會作曲，也擅長填詞。

52. 譯註：弗雷·亞斯塔（1899-1987），美國演員，舞者。在舞台和大螢幕演出生涯長達七十六年，被認爲是影史上最具影響力的舞蹈家。

53. 譯註：尤金·歐尼爾（Eugene O’Neill, 1888-1953），美國劇作家，亦爲表現主義代表作家。曾於一九三六年獲得諾貝爾文學獎。

54. 譯註：《惠斯勒的母親》，美國畫家詹姆斯·惠斯勒於一八七一年的作品。目前收藏於法國奧賽美術館。

55. 譯註：吉米·都雷特（Jimmy Durante, 1893-1980），美國歌手，喜劇演員。經常開自己大鼻子的玩笑，在一九二〇到七〇年代是美國家喻户曉的演員。

56. 譯註：梅·蕙絲（1893-1980），美國演員，劇作家，也是眾所周知的性感偶像。曾被美國電影協會譽爲當代最偉大演員之一。

57. 譯註：阿斯特子爵夫人（1879-1964），全名南西·阿斯特，爲英國第一位下議院女性議員。

58. 譯註：托馬斯·品瓊（1937-），美國作家。以其晦澀難解的現代主義小說著稱，作品主題和內容涉獵極廣，被認爲是當代重要的優秀作家之一。

59. 阿爾弗雷德・德布林（1878-1957），德國作家。著作甚豐，題材極廣，被譽爲德國現代文學的重要作家。

60. Eco, *Baudolino*, ch. 28, trans. William Weaver. 譯註：參考中文版《波多里諾》。修正錯譯的部分。

61. 譯註：路易・費迪南・賽利納（Louis-Ferdinand Céline, 1894-1961），法國作家，原名路易・費迪南・德圖什（Louis-Ferdinand Destouches）。被認爲是法國當代重要的作家，透過新的寫作手法將法國文學帶入新境界。但由於二次世界大戰時的反猶太發言，令他成爲爭議人物。

62. Louis-Ferdinand Céline, *Bagatelles pour un massacre*, trans. Alastair McEwan. 塞利納的作品資產的擁有者已禁止翻譯包含激烈反猶太言論的作品。可以在網路上找到以下版本：vho.org/aaargh/fran/livres6/CELINEtrif.pdf (accessed August 20, 2010). 我的作品《無盡的名單》的譯者亞雷斯塔・麥克伊溫想嘗試全新的翻譯方式。我認爲很值得引用原文讓大家一窺究竟（說來有趣，這一段略像《丁丁歷險記》[*Tintin*]中哈達克船長 [Captain Haddock] 的憤怒咒罵）：“Dine! Paradine! Crèvent! Boursouflent! Ventre dieu! . . . 487 millions! D'empalafiés cosacologues! Quid? Quid? Quod? Dans tous les chancres de Slavie! Quid? De Baltique slavigote en Blanche Altramer noire? Quam? Balkans! Visqueux! Ratagan! De concombres! . . . Mornes! Roteux! De ratamerde! Je m'en pourfentre! . . . Je m'en pourfoutre! Gigantement!

Je m'envole! Coloquinte! . . . Barbatoliers? Immensément! Volgaronoff! . . . Mongomoleux Tartaronesques! . . . Stakhanoviciants! . . . Culodovitch! . . . Quatre cent mille verstes myriametres! . . . De steppes de condachiures, de peaux de Zébis-Laridon! . . . Ventre Poultre! Je m'en gratte tous les Vésuves! . . . Déluges! . . . Fongueux de margachiante! . . . Pour vos tout sales pots fiottés d'entzarinavés! . . . Stabiline! Vorokchiots! Surplus Déconfits! . . . Transbérie!"

63. 譯註：特洛阿蒙伯爵（Comte de Lautréamont,1846-1870），原名伊齊多爾．呂西安．迪卡斯（Isidore-Lucien Ducasse），法國詩人。唯一的著作爲一八六八年出版的詩文作品《馬爾多羅之歌》（*Les Chants de Maldoror*），對後來的象徵主義、超現實主義等產生巨大影響。

64. 參見 Detlev W. Schumann, "Enumerative Style and Its Significance in Whitman, Rilke, Werfel," *Modern Language Quarterly*, 3, no. 2 (June 1942): 171–204.

65. Spitzer, *La Enumeración caotica en la poesia moderna*.

66. Arthur Rimbaud, "Childhood," Part 3, trans. Louise Varése (1946), *Illuminations*, www.mag4.net/Rimbaud/poesies/Childhood.html (accessed September 2, 2010). 譯註：參考中文版《彩畫集》（麥田，二〇〇五年，王道乾譯）。

67. 譯註：賈克．普維（1900-1977），法國詩人，劇作家。其詩作與超現實主義有密切關係，亦多次與導演馬塞爾・卡爾內（Marcel Carné）合作，最著名的電影爲《天堂的孩子們》（*Les Enfants du Paradis*）。

68. Italo Calvino, "Il cielo di pietra," in *Tutte le cosmicomiche* (Milan: Mondadori, 1997), 314; in English, *The Complete Cosmicomics*, trans. Martin McLaughlin, Tim Parks, and William Weaver (New York: Penguin, 2009).

69. Jorge Luis Borges, "John Wilkins' Analytical Language," in Borges, *Selected Nonfictions*, ed. Eliot Weinberger, trans. Esther Allen et al. (New York: Viking Penguin, 1999). Michel Foucault, Les Mots et les choses (Paris: Gallimard, 1966); in English, *The Order of Things* (New York: Pantheon, 1970), preface.

70. 譯註：原文爲 there are perfumes as fresh as a child's flesh，出自法國詩人波特萊爾的詩《萬物照應》（*Correspondences*）。

71. 譯註：原文爲 in the middle of the journey of our lives，出自但丁《神曲・煉獄篇》的第一句。

72. 譯註：原文爲 the marchioness went out at five o'clock，出自保羅・瓦勒里談及一部小說開頭時所舉的例子。

73. 譯註：原文爲 Abraham begat Isaac and Isaac Begat Jacob and Jacob begat……，出自馬太福音，新約聖經的開頭。

74. 譯註：原文爲 the man of La Mancha，即指唐吉訶德。

75. 譯註：原文爲 that was when I saw the pendulum，出自艾可作品《傅科擺》的第一句。

76. 譯註：原文爲 betwixt a smile and tear，出自拜倫爵士作品《哈爾洛德遊記》（*Childe Harold*）第四部，全文爲「人類呀！擺盪於笑和淚之間」（Man! Thou pendulum betwixt a smile and tear）。

77. 譯註：原文爲 on the branch of lake Como where late the sweet birds sang，出自莎士比亞第七十三首十四行詩，後因被義大利作家曼佐尼引用，作爲《約婚夫婦》的開頭而馳名。

78. 譯註：原文爲 the snows of yesteryear，出自法國詩人法蘭西斯・維永（François Villon）的詩作《往昔女士的情歌》（*Ballad Of The Ladies Of Yore*）。

79. 譯註：原文爲 softly falling into the dark mutinous Shannon waves，出自喬伊斯短篇小說集《都柏林人》（*The Dubliners*）的最後一篇故事「死者」（The Dead）。

80. 譯註：原文爲 Messieurs les Anglais，出自一七四五年豐特瓦努戰役時法軍將領安特羅區公爵對英軍將領海伊將軍說的話：「英國紳士，您先開第一槍。」（Messieurs les Anglais, tirez les premiers）

81. 譯註：原文爲 je me suis couche de bonne heure，出自普魯斯特的作品《追憶似水年華》的開頭。

82. 譯註：原文爲 though words cannot heal，出自義大利詩人佩托拉克詩集《歌集》（*Canzoniere*），第一二八首詩的開頭。

83. 譯註：原文爲 the women come and go，出自英國詩人艾略特的作品《阿爾弗雷德・普魯弗洛克的情歌》。

84. 譯註：原文爲 here we shall make Italy or，出自發動加拉塔菲米戰役前，加里波底所說的話，全文爲：「建立義大利，否則就是死！」（Here we shall make Italy, or die!）。

85. 譯註：原文爲 a kiss is just a kiss，出自電影《北非諜影》中插曲《流金歲月》的歌詞。

86. 譯註：原文爲 tu quoque alea，出自兩句凱撒的名言：一句爲「你也是嗎？布魯特。」（Tu quoque, Brute.）另一句爲「骰子已經丟出去了。」（Alea jacta est.）

87. 譯註：原文爲 the man without quality，出自奧地利作家羅伯特·穆齊爾（Robert Musil）的作品標題，《沒有個性的人》。

88. 譯註：原文爲 fights and runs away，出自諺語「戰鬥然後逃跑的人，有一天會再次戰鬥」。（He who fights and runs away, will live to fight another day.）

89. 譯註：原文爲 brothers of Italy，出自義大利國歌的第一句。

90. 譯註：原文爲 ask not what you can do for your country，出自美國總統甘乃迪的名言：「不要問國家可以爲你做什麼，要問你可以爲國家做什麼。」（ask not what your country can do for you, ask what you can do for your country.）

91. 譯註：原文爲 the plow that makes the furrow，有「戰爭」和「農耕」對照之意，可能與荷馬在《伊里亞德》中形容阿奇里斯的盾牌時，先描述戰役，接下來又描述農耕的行文有關。

92. 譯註：原文爲 will live to fight another day，爲上述諺語的接續。

93. 譯註：原文爲 I mean a Nose by any other name，出自兩位英國作家的名言，前半句爲勞倫斯·斯特恩（Laurence Sterne）的小說《項狄傳》（*Tristram Shandy*），後半句出自莎士比亞的《羅密歐與茱莉葉》。

94. 譯註：原文爲 Italy is made，出自義大利作家馬西莫·達澤里奧（Massimo D'Azeglio）的名言：「義大利已經建國，但我們仍需要創造義大利人。」（Italy is made, We still have to make Italians.）

95. 譯註：原文爲 now the rest is commentary，出自一世紀時一個猶太故事：某個異教徒前去找猶太拉比希勒爾（Hillel）和夏瑪伊（Shammai），請他們單腳站著教授《摩西五經》（*Torah*）。異教徒意在挑釁；性格剛烈的夏瑪伊生氣了，將他趕走，而希勒爾則說：「己所不欲，勿施於人。這就是整本《摩西五經》，其他就只是解說而已。現在你可以去讀經了。」

96. 譯註：原文爲 mi espiritu se purifica en Paris con aguacero，爲兩句西班牙文綜合在一起，前半句出自西班牙作家米蓋爾·德·烏納穆諾（Miguel de Unamuno）的小說《迷霧》（*Niebla*），全文爲「我感到靈魂在接觸死亡時被淨化」（Siento que mi espiritu se purifica al contacto de esta muerte），後半句出自祕魯詩人塞薩爾·巴列霍（Cesar Vallejo）的詩《白石上的黑石》（*Piedra Negra Sobre

una Piedra Blanca）的第一句，全文爲「我將死於巴黎的傾盆大雨中」（Me moriré en Paris con aguacero）。

97. 譯註：原文爲 don't ask me for the word crazed with light，出自義大利詩人埃烏傑尼奧・蒙塔萊（Eugenio Montale）的兩首詩，一首爲《無怪爲字》（*Non chiederci la parola*），另一首爲《給我一朵向日葵好讓我移植》（*Portami il girasole ch'io lo trapianti*）。

98. 譯註：原文爲 we'll have our battle in the shade，在斯巴達和波斯的溫泉關戰役前，有人告知斯巴達的將領，波斯的弓箭手數量眾多，若一齊發射，可能會遮蓋白日。將領只回答，「那麼我們在陰影中戰鬥。」

99. 譯註：原文爲 suddenly it's evening，出自義大利詩人薩瓦多爾・誇西莫多（Salvatore Quasimodo）的一首詩，標題即爲《天色突然暗了下來》（*Ed è subito sera*）。

100. 譯註：原文爲 around my heart three ladies's arms I sing，爲兩首詩綜合在一起，前半爲但丁的詩《三位女士進駐我心》（*Tre donne intorno al cor mi son venute*），後半出自味吉爾的《伊尼亞德》的第一句，「我吟唱人和武器的故事」（Of men and arms I sing）。

101. 譯註：原文爲 oh Valentino Valentino wherefore art you，出自《羅密歐與茱莉葉》，將羅密歐的名字換成義大利演員魯道夫・范倫鐵諾（Rudolph Valentino）。

102. 譯註：原文爲 happy families are all alike，出自托爾斯泰《安娜．卡列尼娜》的第一句，全文爲「幸福的家庭都是相似的；不幸的家庭卻是各式各樣」（Happy families are all alike; every unhappy family is unhappy in its own way.）。

103. 譯註：原文爲 said the bridegroom to the bride，改編自諺語「女演員對主教這麼說」（said the actress to the bishop），這句話爲雙關語，常含有淫穢之意。

104. 譯註：原文爲 Guido, I wish that，出自但丁的詩《給基多．卡瓦爾康蒂》（*To Guido Cavalcanti*）的第一句。

105. 譯註：原文爲 mother died today，出自卡謬的《異鄉人》（*The Stranger*）的第一句。

106. 譯註：原文爲 I recognized the trembling of man's first disobedience，爲兩個詩句綜合在一起，前半出自但丁《神曲．煉獄篇》，全文爲「我感受到海洋的顫抖」（I recognized the trembling of the sea），後半出自米爾頓《失樂園》，全文爲「關於人類最初違反天神命令，偷嚐禁樹的果子……」（of mans first disobedience, and the fruit of that forbidden tree……）。

107. 譯註：原文爲 de la musique，出自保羅．瓦勒里的詩句，全文爲「最初的音樂響起」（De la musique avant toute chose）。

108. 譯註：原文爲 où marchent des colombes，出自保羅．瓦勒里的詩《海洋墓園》（*Le Cimetière*

marin），全文爲「寂靜的屋簷，鴿子漫步，在松林間，在墓石間顫抖著」（Ce toit tranquille, où marchent des colombes, / Entre les pins palpite, entre les tombes）。

109. 譯註：原文爲 go little book，出自羅伯特．路易斯．史蒂文生的詩《去吧我的小書》的開頭，也是喬叟《坎特伯利故事集》中「特洛伊羅斯與克麗西達」（Troilus and Criseyde）故事的最後一句。是一種文學傳統，通常被當作開始或結束一段詩文的用語。

110. 譯註：原文爲 to where the lemons blossom，爲小約翰．史特勞斯（Johann Strauss II）於一八七四年所創作的華爾滋舞曲。

111. 譯註：原文爲 once upon the time there lived Achilles son of Peleus，爲一巧妙改編《伊里亞德》的開頭。

112. 譯註：原文爲 the earth was without form and too much with us，爲兩句詩句綜合在一起，前半句改編自《創世紀》的開頭，全文爲「地是空虛渾沌，淵面黑暗」（the earth was without form and void），後半句出自英國詩人華滋華斯的十四行詩，《世界對我們來說太沉重了》（*The world is too much with us*）。

113. 譯註：原文爲 Licht mehr licht uber alles，結合歌德的最後一句話，「光，更多的光」（Licht, mehr licht），以及十九世紀時德國國歌的歌詞「德國，德國，高於一切」（Deutschland, Deutschland,

uber alles）。

114. 譯註：原文爲 Contessa, what on what is life，出自義大利詩人吉蘇埃・卡爾杜奇（Giosuè Carducci）的詩，《喬弗瑞・魯代爾頌》（*Ode Jaufré Rudel*）。

115. 譯註：原文爲 Jill came tumbling after，出自一首童謠的歌詞。

116. 譯註：安傑羅・達洛卡・畢安卡（1858-1942），義大利畫家，擅長寫實的風景畫。

117. 譯註：布魯梅爾爵士（1778-1840），英國攝政時期的著名人物，社交界的花花公子，爲當代男性時尚的領導人物。

118. 譯註：品達（西元前518-438），希臘抒情詩人，時常在詩文中歌頌競技運動會的勝利者及其城邦。

119. 譯註：班傑明・迪斯雷利（Benjamin Disraeli, 1804-1881），英國保守黨政治家，曾兩度擔任首相。

120. 譯註：雷米吉歐・贊納（1850-1917），原名嘉斯帕雷・伊瓦利亞（Gaspere Invrea），爲義大利歌德小說作者。

121. 譯註：喬凡尼・法托利（Giovanni Fattori, 1825-1908），義大利寫實主義畫家，擅長風景畫和描繪戰爭場面。

122. 譯註：爲義大利作家喬凡尼・法蘭西斯科・史塔帕羅拉（Giovanni Francesco Straparola，1480-1557）所編著的童話故事集，形式類似《十日談》的框架故事，影響後來幾位童書作家，例如佩羅和格林兄弟。

123. 譯註：羅莎・盧森堡（1871-1919），德國馬克斯主義政治家，德國共產黨的奠基人之一。於一九一九年斯巴達克起義時被捕，嚴刑拷打至死亡。

124. 譯註：賽諾・科西尼，伊塔羅・斯維諾（Italo Svevo, 1861-1928，原名埃托雷・舒米茨 [Ettore Schmitz]）的小說，《季諾的良心》（*La Coscienza di Zeno*）中一個反英雄角色。

125. 譯註：雅克伯・帕爾瑪（Jacob Palmer, 1480-1528），威尼斯畫派畫家。

126. 譯註：西塞羅喬，即安傑羅・布魯內提（Angelo Brunetti, 1800-1849），曾參與義大利革命。

127. 譯註：茱斯婷娜，薩德侯爵（Marquis de Sade）的小說《貞女厄運》（*Justine ou les malheurs de la vertu*）的主角。

128. 譯註：瑪莉亞・葛萊蒂（1890-1902），義大利天主教聖人。因爲抵抗鄰居青年的性侵，被刺了十四刀而傷重致死，據說在臨死前仍爲加害者禱告。

129. 譯註：妓女賽綺絲，這裡指的是但丁在《神曲・煉獄篇》中提到的賽綺絲，據說爲亞歷山大大帝的情婦。

130. 譯註：聖奧諾雷（-600），曾爲法國亞眠的主教，後來有許多歐洲城市的街道以他命名，還有一種甜點就叫做聖奧諾雷蛋糕。

131. 譯註：巴克特利亞．艾克巴塔納．佩斯波里斯．蘇沙．亞貝拉，波斯帝國的一個城市，後來爲亞歷山大大帝所征服。

132. Umberto Eco, *The Mysterious Flame of Queen Loana*, trans. Geoffrey Brock (New York: Harcourt, 2005), ch. 1. 引用這一段讓我有些尷尬，因爲這感覺就像是我本人的意識一樣。在義大利文版本裡，我加入了許多能輕易被一般義大利讀者認出的引述，而英文版譯者必須要「重新創作」，選擇一些能讓英文讀者認出的引述。這個例子就是，譯者必須避免逐字翻譯這種方式，以在另一個語言的版本中營造出跟原文版本「相同的效果」。無論如何，布洛克的翻譯版本雖然與原文版本有些不同，但同樣都能傳達出拼貼混亂的效果。譯註：參考中文版《羅安娜女王的神秘火焰》（皇冠，二〇〇九年，楊孟哲譯）。本書採用的是英文版翻譯，對照早先已出版的中文版時，會發現艾可所說的譯者在翻譯過程中爲了讓讀者可輕易認出某些引文，而做了「重新創作」的工作。以下引述《羅安娜女王的神秘火焰》的同一段落，供讀者對照兩個版本的不同之處。「我摸了摸幾個小孩，聞了聞他們的氣味，但是除了溫柔二字，我無法進行任何詮釋。我只想到孩童肉體一般的清新芳香這句話。由於我腦中並非一片空洞，一些不屬於我的記憶開始盤旋紛飛——侯爵夫人五點鐘從我們這段走了一半的生命之路離去，我想是阿根廷作家薩巴多，亞伯拉罕生下以撒，以撒生下雅各，雅各生下猶大和他的兄弟，對他來說，鐘聲敲響了午夜聖鐘，而我在這時候看到了鐘擺，寇姆湖的港灣上面，準備前往祕魯終結生命的鳥兒打著盹兒，各位來自英國的先生，長久以來我一直很早上床，我們在這裡除了征服義大利，就只有殺人，tu quoque alea，一刀斃命，一刀刺入他的心臟，義大利的弟兄們再加把勁兒吧，一隻白老鼠在我們的頭上吹著口哨，價值並不會在等候的時候增加，義大利雖然被征服，但是並不投降，這一群將領，他們爲什麼登上那一架波音客機，意識不曾經歷過春天，火車大聲鳴叫，你們在金黃色的翅膀上面劍道米莎女歌伶嗎，但是過去那些皚皚白雪都到哪兒去了，喔，時光暫緩了妳的飛翔，小姑娘，讓我們去看看玫瑰，絲綢工人是我們這些人，每個人都是明星，拿起你的琴，爲我奏出這段苦難，米諾的女兒和她那幾個披著獸皮的孩子，喔，公元二年的戰士，說得好，季諾接著說下去，越過阿爾卑斯山和萊茵河，我是個無名小卒，然而地球確實正在轉動，校長走進來的時候，我們正在自習，這樣的幻想和這樣的理性，喔，季節，喔，城堡，一個人倒下來的時候，他的名氣反而增長，大西洋的上空發現一團低氣壓，一隻癩蝦蟆盯著天空，眼睛含著淚水！一個人，還是一個人也沒有，白鴿漫步的地方樂聲響起，不過沒有任何損失，面對行刑隊，我還是可以撲向一名弱女子，每一天都是被視爲月光浴的謀殺，狼啊，你在不在現場？

我們在桔樹開花的地方全身赤裸，阿基里德的經歷就從這個地方開始，烏鴉先生，一個惡魔居住的天堂，Licht merch lich tuber alles，各位先生，祝你們胃口大開，小貓已經死了，生命有什麼價值？名字、名字，一堆名字，義大利畫家安傑羅．達洛卡．比昂卡、布魯梅閣下、品達、福樓拜、十九世紀英國首相迪斯雷里、義大利作家雷米基歐．曾納、侏羅紀、法托里、超現實主義和那些精美的殘骸、路易十五的情婦龐巴度夫人、槍械製造商史密斯與威森、德國社會主義領袖羅莎．盧森堡、季諾．寇西尼、畫家老帕姆、侏羅紀、拉丁詩人奧維德、馬太、馬可、路加、約翰、皮諾丘、查斯丁、義大利修女瑪莉亞．葛萊蒂、泰伊德那個指甲髒兮兮的妓女、骨質疏鬆症、聖昂諾黑、亞利山大與哥帝安的結。百科全書一頁一頁散落在我頭上，而我就像身處蜂群，伸手四處拍打。」

133. Ibid, ch. 8. 譯註：同上。

134. 譯註：保羅．高爾丁（1577-1643），瑞士耶穌會教室，數學家和天文學家。爲「高爾丁理論」的發明者。

135. 譯註：馬蘭．梅森（1588-1648），法國神學家，數學家，音樂理論家。其論述中最有名的是「梅森質數」。

136. 譯註：哥特弗萊德．萊布尼茲（1646-1716），德國哲學家，數學家。其實職業爲律師，爲一少見的通才，被譽爲十七世紀的亞里斯多德。

137. François Rabelais, *Pantagruel*, trans. Sir Thomas Urquhart of Cromarty and Peter Antony Motteux (Derby, U.K.: Moray Press, 1894), Book 1, ch. 7. 譯註：參考中文版《巨人傳》（桂冠，二〇〇五年，成鈺亭譯）。

138. 譯註：第歐根尼．拉爾修，羅馬帝國時代作家，曾編纂《哲人言行錄》。

139. 譯註：泰奧弗拉斯托斯（西元前371-287），古希臘哲學家，科學家。曾先後受教於柏拉圖和亞里斯多德，後來繼承亞里斯多德，領導「逍遙學派」。

140. Diogenes Laertius, *The Lives and Opinions of Eminent Philosophers,* trans. C. D. Yonge (London: Bohn, 1853), Book 5, "Life of Theophrastus," 42–50.

141. 譯註：喬利斯．卡爾．于斯曼（Joris Karl Huysmans, 1848-1907），法國作家。最著名的作品爲《逆流》（*À rebours*）。

142. 譯註：方托馬斯系列小說，爲法國作家馬歇．艾倫（Marcel Allain, 1885-1969）和皮耶爾．蘇維斯特（Pierre Souvestre, 1874-1914）合作撰寫的系列犯罪小說，曾多次被改編成電影、電視劇和漫畫。

索引

國家圖書館出版品預行編目資料

一個青年小說家的自白：艾可的寫作講堂 / 安伯托.艾可
(Umberto Eco)著；顏慧儀譯. -- 2版. -- 臺北市：商周, 城邦文化
出版：家庭傳媒城邦分公司發行, 民109.07
面； 公分
譯自：Confessions of a young novelist.
ISBN 978-986-477-870-6(平裝)
1.艾可(Eco, Umberto) 2.小說 3.文學評論

812.7 109008832

一個青年小說家的自白：艾可的寫作講堂

原著書名／Confessions of a Young Novelist
作　　者／安伯托・艾可（Umberto Eco）
譯　　者／顏慧儀
責任編輯／陳思帆、劉俊甫

版　　權／黃淑敏、翁靜如、劉鎔慈
行銷業務／莊英傑、黃崇華、周佑潔、周丹蘋
總 編 輯／楊如玉
總 經 理／彭之琬
發 行 人／何飛鵬
法律顧問／元禾法律事務所　王子文律師
出　　版／商周出版
臺北市中山區民生東路二段141號9樓
電話：(02) 2500-7008　傳眞：(02) 2500-7759
email：bwp.service@cite.com.tw
blog：http://bwp25007008.pixnet.net/blog
發　　行／英屬蓋曼群島商家庭傳媒股份有限公司城邦分公司
臺北市中山區民生東路二段141號2樓
書虫客服服務專線：(02) 2500-7718・(02) 2500-7719
24小時傳眞服務：(02) 2500-1990・(02) 2500-1991
服務時間：週一至週五上午09:30-12:00；下午13:30-17:00
郵撥帳號：19863813 戶名：書虫股份有限公司
讀者服務信箱E-mail：service@readingclub.com.tw
歡迎光臨城邦讀書花園　網址：www.cite.com.tw
香港發行所／城邦（香港）出版集團有限公司
香港灣仔駱克道193號東超商業中心1樓
電話：(852) 2508-6231 傳眞：(852) 2578-9337
E-mail：hkcite@biznetvigator.com
馬新發行所／城邦（馬新）出版集團【Cité(M)Sdn. Bhd】
41, Jalan Radin Anum, Bandar Baru Sri Petaling,
57000 Kuala Lumpur, Malaysia
電話：(603) 9057-8822 傳眞：(603) 9057-6622
Email：cite@cite.com.my

封面設計／陳文德
電腦排版／浩瀚電腦排版股份有限公司
印　　刷／高典印刷有限公司
經 銷 商／聯合發行股份有限公司
電話：(02) 2917-8022　傳眞：(02) 2911-0053
地址：新北市231新店區寶橋路235巷6弄6號2樓

■ 2014年（民93）8月5日初版
■ 2020年（民109）7月2日2版1刷

Printed in Taiwan

定價 / 350元

城邦讀書花園
www.cite.com.tw

CONFESSIONS OF A YOUNG NOVELIST
by Umberto Eco

ISBN 978-986-477-870-6

廣	告	回	函
北區郵政管理登記證			
台北廣字第000791號			
郵資已付，免貼郵票			

104台北市民生東路二段 141 號 2 樓
英屬蓋曼群島商家庭傳媒股份有限公司　城邦分公司

請沿虛線對摺，謝謝！

書號：BA9009X	書名：一個青年小說家的自白	編碼：

商周出版

讀者回函卡

謝謝您購買我們出版的書籍！請費心填寫此回函卡，我們將不定期寄上城邦集團最新的出版訊息。

不定期好禮相贈！
立即加入：商周出版
Facebook 粉絲團

姓名：________________________ 性別：☐男 ☐女

生日：西元__________年__________月__________日

地址：____

聯絡電話：__________________ 傳真：__________________

E-mail：____

學歷：☐1.小學 ☐2.國中 ☐3.高中 ☐4.大專 ☐5.研究所以上

職業：☐1.學生 ☐2.軍公教 ☐3.服務 ☐4.金融 ☐5.製造 ☐6.資訊
☐7.傳播 ☐8.自由業 ☐9.農漁牧 ☐10.家管 ☐11.退休
☐12.其他 ________________________

您從何種方式得知本書消息？

☐1.書店 ☐2.網路 ☐3.報紙 ☐4.雜誌 ☐5.廣播 ☐6.電視
☐7.親友推薦 ☐8.其他________________________

您通常以何種方式購書？

☐1.書店 ☐2.網路 ☐3.傳真訂購 ☐4.郵局劃撥 ☐5.其他__________

您喜歡閱讀哪些類別的書籍？

☐1.財經商業 ☐2.自然科學 ☐3.歷史 ☐4.法律 ☐5.文學
☐6.休閒旅遊 ☐7.小說 ☐8.人物傳記 ☐9.生活、勵志 ☐10.其他

對我們的建議：____
____
____
____
____